Um lugar entre a Vida e a Morte

Um lugar entre a Vida e a Morte

Bruno Portier

Tradução
Carolina Coelho

MAGNITUDDE

MAGNITU^DDE

Um lugar entre a Vida e a Morte
Título original: *This Flawless Place Between*
First published in English by Oneworld Publications 2012
First published as *Bardo, Le Passage* by Éditions Florent Massot, in 2009
Copyright © Bruno Portier 2009
Translation copyright © Gregory Norminton 2012
Copyright desta tradução © Lumen Editorial Ltda 2012

Magnitudde é um selo da Lúmen Editorial Ltda.

1ª edição - outubro de 2012

DIREÇÃO EDITORIAL: Celso Maiellari
DIREÇÃO COMERCIAL: Ricardo Carrijo
COORDENAÇÃO EDITORIAL: Fernanda Rizzo Sanchez
PROJETO EDITORIAL: Estúdio Logos
PREPARAÇÃO DE ORIGINAIS: Mariana Varella
REVISÃO: Gabriela Ghetti
PROJETO GRÁFICO, CAPA E DIAGRAMAÇÃO: Mayara Enohata
IMAGEM DE CAPA: Tersina Shieh / iStockphoto
IMPRESSÃO: Gráfica Orgrafic

Dados Internacionais de Catalogação na Publicação (CIP)
(Câmara Brasileira do Livro, SP, Brasil)

Portier, Bruno
Um lugar entre a vida e a morte / Bruno Portier ; tradução Carolina Coelho. -- São Paulo Magnitudde, 2012.

Título original: This flawless place between.
ISBN 978-85-65907-03-3

1. Ficção norte-americana I. Título.

12-13087   CDD-813.5

Índices para catálogo sistemático:
1. Ficção : Literatura norte-americana   813.5

Lúmen Editorial Ltda.
Rua Javari, 668
São Paulo - SP
CEP 03112-100
Tel/Fax (0xx11) 3207-1353

visite nosso site: www.lumeneditorial.com.br
fale com a Lúmen: atendimento@lumeneditorial.com.br
departamento de vendas: comercial@lumeneditorial.com.br
contato editorial: editorial@lumeneditorial.com.br
siga-nos nas redes sociais:
@lumeneditorial
facebook.com/lumen.editorial1

2012

Proibida a reprodução total ou parcial desta obra sem prévia autorização da editora

Impresso no Brasil - *Printed in Brazil*

Sobre o autor

O ESCRITOR E roteirista Bruno Portier passou doze anos trabalhando na Ásia na produção de documentários e então voltou à França a fim de estudar para um doutorado em Antropologia Social. Atualmente, divide seu tempo entre direção de documentários e roteiros de filmes, além de artigos sobre etnologia. Está trabalhando em seu próximo romance, uma sequência de *Um lugar entre a Vida e a Morte*.

Agradecimentos

Quero agradecer a Denis Héroux, Stéphanie Röckmann, François e Anne-Marie Portier, Matthieu Ricard, Karine Frechet, Elsa Vasseur, Zsuzsanna Hadju, Gül Isikveren e Florent Massot por terem lido, comentado e oferecido apoio enquanto eu escrevia este livro.

Observação do autor a respeito de O Livro Tibetano dos Mortos

O Livro Tibetano dos Mortos

O TÍTULO ORIGINAL de *O Livro Tibetano dos Mortos* é *Bardo Thödol Chenmo*, que pode ser traduzido como "libertação por meio da audição durante o bardo". Bardo significa estado intermediário, mundo intermediário ou intervalo; os bardos são períodos de crise e dúvida profunda pelos quais uma pessoa passa ao longo de sua existência. Esses períodos transitórios oferecem oportunidades excelentes para aumentar a consciência e a libertação. De acordo com as escolas tibetanas do budismo, um ciclo de vida completo tem entre quatro e seis bardos. O primeiro é o bardo que surge a partir do momento da concepção e continua até o momento da morte. O segundo, um aspecto dessa fase, é o estado de sonho. O terceiro é o bardo experimentado por aqueles que praticam a meditação. A morte e os dias que se seguem contêm os próximos três. Um ocorre durante o processo da morte: o bardo do momento antes da morte. O próximo é o bardo da realidade, também chamado o dharmata[1], que oferece um momento de luminosidade "perfeita", possível para todos, mas reconhecido apenas por alguns. O último é o bardo do renascimento ou do se tornar, o que leva ao próximo renascimento.

O *Livro Tibetano dos Mortos* descreve a experiência dos mortos desde o momento da morte até o renascimento. Na verdade, citando Sogyal Rinpoche, trata-se de um tipo de "guia de viagem". As descrições contidas no livro são surpreendentemente precisas. Infelizmente, os leitores não inicializados no budismo tibetano precisam de muitas horas de estudo para entender isso, pois o livro tem uma enorme quantidade de simbolismo. Por isso, é bom ler análises e explicações de outros autores[2] para compreender o texto da melhor maneira possível.

O livro *Um lugar entre a Vida e a Morte* nasceu de um desejo de tornar *O Livro Tibetano dos Mortos* acessível a um público mais amplo, e para inspirar os leitores a procurar traduções e estudos do texto original. O romance segue os diferentes estágios do livro, do modo mais escrupuloso possível, e transcreve os principais momentos em uma narrativa enraizada em um universo mais familiar aos leitores ocidentais. Um cuidado especial tem sido reservado com relação ao sentido e principal propósito desta obra: oferecer orientação aos que estão morrendo, ajudando-os a conseguir luz ao livrarem-se do *samsara* — o ciclo da existência — ou, se isso não for possível, orientarem-se para uma nova vida melhor.

---

[1] Dharmata significa essência ou natureza intrínseca.
[2] Se você quiser ler mais sobre o assunto, encontrará uma bibliografia no fim deste livro.

O *Livro Tibetano dos Mortos* enfatiza o peso de nossas atitudes nesta vida e os efeitos que elas podem ter em nossos estados futuros. No entanto, além da influência negativa ou positiva de nosso karma[3] em nossa vida e morte, existem outras oportunidades[4]. O livro enfatiza que todo bardo oferece possibilidades de libertação. Mesmo que uma pessoa não atinja a luz, ainda é possível direcionar nosso renascimento para um resultado mais favorável.

O ideal é que o livro seja estudado antes da morte; mas ele também é lido para os que estão morrendo e para os mortos, que conseguem entender seu sentido independentemente de sua cultura, idioma ou religião, independentemente de falarem tibetano ou entenderem o simbolismo budista. Os mortos e os que estão morrendo adquirem uma percepção extraordinária durante os dias que sucedem sua morte.

O Livro Tibetano dos Mortos é universal. É um livro que procura melhorar intrinsecamente a condição de todos os seres, vida após vida, independentemente de suas crenças ou atitudes.

---

[3] O termo *karma* significa ação e denota a totalidade do passado, do presente e do futuro de um ser. O *karma* tem um impacto dominante em termos de causa e consequência em nossos ciclos de vida, incluindo nossas vidas e mortes.

[4] Durante a juventude, Milarepa, um dos líderes religiosos mais importantes do Tibete, causou a morte de dezenas de pessoas. Isso não o impediu de alcançar a luz e de se tornar um grande mestre espiritual.

Um lugar entre a Vida e a Morte

Um coelho selvagem está na grama amarela, cercado por dentes-de-leão. Ouvidos atentos em direção ao céu, ele vira a cabeça e olha primeiro para a esquerda, depois para a direita. Atrás dele, um grupo de jovens começa a explorar. Livres e distraídos, dois deles passam pela linha branca que divide o gramado e o asfalto. Um som forte chama a atenção de um adulto; ele vira a cabeça, olha sem expressão a distância. Parece destemido como os pequenos brincando. O ronco aumenta e se torna um rosnado baixo e então um grito ensurdecedor. Os filhotes param; uma rajada forte de vento remexe os pelos cinza. A alguns metros dele, seis enormes pneus cantam no asfalto. Abaixados no chão, os dois na rua observam o monstro passar. Quanto aos outros, eles já voltaram ao que estavam fazendo.

Aeroporto John F. Kennedy, Nova York, Estados Unidos. Os voos e seus números podem ser vistos no quadro de partidas e chegadas. Anúncios são ouvidos pelos alto-falantes. Carrinhos de bagagem se chocam, derrubando malas e bolsas. A sala de embarque está cheia: homens de negócios, donas de casa, mochileiros, grupos de turistas, adolescentes entediados, policiais, comissárias de bordo. Alguns comem, outros bebem, outros leem, dão telefonemas, batem papo.

Em meio ao caos, está Anne, uma mulher na casa dos trinta anos, vestindo uma jaqueta de couro, esperando na fila do check-in do balcão quarenta e nove, com destino a Calcutá. Ajoelhada no piso frio em um espaço entre as pernas dos outros passageiros, ela vasculha a mochila. No lado direito de seu rosto, há uma pinta charmosa. Seus olhos são castanhos, assim como os cabelos, curtos e muito bem-cortados.

— Onde enfiei o bendito passaporte?

De pé, perto dela, está um jovem, alguns anos mais velho. Ele também usa uma jaqueta de couro, e seus cabelos são castanhos e muito curtos. Ele se chama Evan, é namorado de Anne. E ri.

— Começamos bem.

Há um casal, na casa dos sessenta anos, mais ao lado. São os pais de Anne. Rose e John.

John segura uma menina de um ano e meio, que está usando um capacete vermelho vivo com manchas pretas que mais se parecem com as pintas de uma joaninha. É Lucy, a neta deles, filha de Anne.

Rose sorri, divertindo-se, enquanto observa Anne procurando o documento dentro da mochila.

— Bem, Evan, você queria uma aventura. Com Anne, você não vai se decepcionar!
— Obrigada pela incentivo!
Perto deles, Anne não para de tirar diversas coisas da mochila, colocando tudo no chão. Entre elas, há fotografias. Em uma, Anne posa ao lado de um homem muito elegante, de cerca de cinquenta anos, segurando Lucy, recém-nascida. Os passageiros à frente deles, no balcão, pegam os cartões de embarque.
— Obrigado.
A mulher responde com um sorriso forçado.
— De nada. Boa viagem.
— Ah, encontrei!
Ainda de joelhos, Anne balança o passaporte com orgulho.
— Estava dentro do guia.
— Graças a Deus. — Evan pega o passaporte, vira-se e o entrega à atendente do balcão. Rose observa, preocupada, enquanto Anne enfia rapidamente tudo dentro da bolsa de novo.
— Você se lembrou de pegar o remédio para malária? E... John a interrompe.
— Rose, não comece de novo, por favor. Eles são adultos.
Anne balança a cabeça, concordando, fecha a mochila e se levanta.
— Mãe, o Evan é enfermeiro, está lembrada? Além disso, não há malária no Himalaia.
— Ah, tudo bem, não precisa se irritar. Eu só fico preocupada, só isso. É normal uma mãe se preocupar com os filhos. Você também se preocupa, não é?

John interfere de novo.

— Rose, pedi para você parar.

Anne arrasta a mala até o balcão, levanta-a e a coloca em cima da esteira de bagagens para ser pesada. O passageiro atrás dela dá alguns passos para a frente e pisa na foto esquecida do homem que segurava Lucy.

— Mãe, você tem razão. Mas eu tenho motivos para me preocupar.

Anne pega Lucy do colo do pai e lhe dá um beijo no rosto, abraçando-a com força.

— Não se esqueçam de fechar o portão da escada e de colocar o capacete nela assim que ela acordar, tudo bem?

John suspira. Rose franze o cenho.

— Anne, você já nos disse isso mil vezes, e, além disso...

Ela tira uma folha do bolso, repleta de palavras digitadas, e a balança de modo brincalhão diante da filha.

— ... você já escreveu tudo!

Anne balança Lucy em seus braços, como se precisasse acalmá-la.

— Como se isso pudesse impedi-la de fazer o que quiser.

Virando-se para ela, Evan as interrompe e pergunta:

— Anne, você quer um assento na janela?

— Sim, por que não? — Anne conforta a filha, que está franzindo a testa por causa da discussão dos adultos.

— Não fique triste, querida, é difícil para mim também, sabia? Mas não posso levá-la, você ainda é muito pequena...

Com o rosto encostado ao dela, Lucy semicerra os olhos.

— E voltaremos logo. Três semanas não é muito tempo. O vovô e a vovó cuidarão de você. Você vai se divertir a valer...

Anne abraça a filha, volta a beijá-la e murmura em seu ouvido:

— Vou trazer um presente bem lindo para você.

A menininha abraça a mãe. Rose se aproxima e acaricia as costas de Lucy.

— Não se preocupe, Anne. Vai ficar tudo bem.

Anne sorri, triste.

— Eu sei. Obrigada. Vou ligar assim que chegarmos.

Quatro da manhã, aeroporto de Calcutá. Um ônibus velho e vermelho desce pela rua de asfalto, tomado pelo brilho amarelado das lâmpadas de vapor de sódio. As janelas estão abertas. Do lado de dentro, os viajantes apertam-se uns contra os outros, como sardinhas em lata. Todos cansados e abatidos, exaustos pela viagem, suados. Ainda está muito escuro, e o clima já está ficando abafado.

Anne e Evan sentam-se na parte traseira, comprimidos entre uma família indiana e um grupo de turistas aposentados. Eles olham pelas janelas laterais, surpresos. Anne respira profundamente diversas vezes para tentar afastar a náusea que só aumenta, causada pelo cheiro forte dos cabelos grisalhos pressionados contra seu rosto.

O ônibus para, suas portas se abrem. Finalmente livre, o grupo de passageiros agitados sai do ônibus e se apressa pelo corredor mal-iluminado, em busca de suas malas. Mais atrás, Anne e Evan se reaproximam da multidão na esteira de bagagem vazia. Anne pega seu celular e o liga. O telefone emite alguns bipes, e então desliga.

— Droga, minha bateria acabou. Pode me esperar aqui? Preciso telefonar para a mamãe para avisar que chegamos bem.

— Tudo bem.

Anne se afasta, deixando Evan tentando abrir caminho entre os passageiros e os carrinhos amontoados.

Ela chega a um grande corredor de paredes azuis-claras. O chão está tomado por pessoas adormecidas. A fiação precária faz com que as lâmpadas fluorescentes pisquem sem parar. O local está silencioso, exceto por alguns roncos. Anne, sentindo-se um pouco mal, passa por entre as pessoas deitadas até chegar a uma fileira de cabines telefônicas de madeira ao longo de uma parede próxima aos banheiros. Todas estão vazias, à exceção da última, onde há um velho telefone de disco. Anne entra e pega o fone. Sem sinal. Ela desliga e olha ao redor. Ali, a alguns metros, e quase fora da vista, há uma pequena abertura na parede: uma salinha com telefone público. Atrás do balcão, em cima de uma mesa vazia, um cigarro se consome em um cinzeiro, abandonado por um fumante que não está por perto. Anne se vira de novo e analisa seu entorno. Todos estão dormindo, enrolados em panos no chão desprotegido, recostados em sacos de roupas, espalhados em cadeiras de plástico. De repente, uma porta bate e o som ecoa pelo corredor. Anne se sobressalta. Um indiano jovem e bem-vestido sai dos banheiros, ajeitando a braguilha. Anne se aproxima dele.

O indiano, envergonhado, rapidamente enfia a camisa dentro da calça e se dirige a ela.

— Sim, senhora?

— Com licença. Estou à procura da pessoa que cuida da sala do telefone.

Anne aponta para a abertura na parede. O indiano pigarreia.

— Sou eu.

Ele ajeita a gravata e volta a seu lugar com um ar de dignidade. Anne o segue. Ele se senta em sua cadeira atrás do balcão e volta a pegar o cigarro.

— Quer fazer um telefonema, certo?

Anne assente, achando graça.

— É... sim, quero.

— Quer fazer uma chamada internacional, senhora?

— Sim, por favor.

— Aqui está o telefone. Por favor, disque o número.

— Ele tira, de uma gaveta, um fone ultramoderno e o coloca em cima do balcão. O atendente olha para ela sem nenhuma inibição. Ela sorri para ele com certa timidez. Anne consegue telefonar, finalmente, e suspira aliviada. O sorriso do atendente se torna malicioso e Anne volta a suspirar, irritada dessa vez. Ela se vira. E ouve os toques. Ninguém atende. No corredor, os corpos continuam imóveis, como se estivessem abandonados. Ela pensa em um necrotério. E começa a se preocupar.

O táxi faz muitos barulhos. Começa a anoitecer e as ruas são tomadas por uma luz azulada. Uma névoa fina sobe do solo, dando à cena um ar de irrealidade. Ao longo da calçada, há uma sucessão de casebres feitos com placas e latas de metal reciclado. Aqui e ali, saris muito coloridos podem ser vistos pendurados em varais para secar. Mulheres com pouca roupa enxaguam o xampu dos cabelos compridos e pretos. Há panelas em pequenos fogareiros a lenha. Crianças, meio sonolentas, caminham sem rumo, esfregando os dentes com gravetos, enquanto os mais velhos estão sentados tomando chá, envolvidos em grossos cobertores marrons. Carros e charretes passam de um lado a outro, muito rentes a carrinhos de mão, carroças, vacas e pedestres.

Anne e Evan estão dentro do táxi, no banco de trás. Ele tenta acalmar a esposa.

— Pare de se preocupar. Encontraremos uma tomada na agência de locação e você poderá ligar de novo, tudo bem?

Ele dá um tapinha carinhoso na coxa da mulher.

— Olhe pela janela. Estamos em Calcutá. Não é maravilhoso?

O motorista buzina para alertar um grupo de meninas com uniformes escolares perfeitamente asseados, que correm gritando na rua.

— E pensar que ontem estávamos do outro lado do mundo, comendo torta de peru no café do hospital.

Anne olha pensativa pela janela.

Dentro da agência de locação mal-iluminada, Anne mostra seu telefone e o carregador para o atendente obeso e negro que está confortavelmente afundado em uma cadeira de escritório dos anos 1970. O barulho ensurdecedor que vem da rua e do ventilador sobre eles faz com que eles tenham que falar mais alto.

— Posso recarregar minha bateria do telefone? Preciso fazer uma ligação urgente.

O rapaz olha para ela e faz uma careta.

— Sinto muito, senhora. Mas não temos essa tomada. A senhora precisaria de um outro plugue.

— Então, posso usar seu telefone?

O indiano faz mais uma careta.

— A senhora deseja fazer uma ligação local, é isso?

— Não, preciso telefonar para a minha mãe nos Estados Unidos.

— Ah, sinto muitíssimo. A linha internacional não está funcionando. Impossível.

Anne perde a paciência.

— Pelo amor de Deus!

— Anne, acalme-se! — A seu lado, Evan analisa um mapa do nordeste da Índia. — Compraremos um adaptador quando sairmos daqui e você poderá dar o telefonema.

Anne se levanta, dá alguns passos e então se senta em um sofá preto de couro falso no fundo do escritório.

Evan retoma o que estava dizendo.

— Quantos dias levaremos para chegar a Gangtok?

— É muito difícil precisar isso. Depende da estrada. Tivemos muitas inundações no ano passado. Talvez a via não tenha sido recuperada.

Ele finge pensar, tira um lenço do bolso de trás da calça e seca a testa suada.

— Hum, três, quatro dias, talvez.

— Certo. Há algum posto de gasolina pelo caminho?

— Oh, não. Até Siliguri haverá muitos postos. A estrada é muito cheia. Mas depois de Siliguri, vocês terão que levar um galão de gasolina.

Evan se endireita na cadeira e se alonga, com os braços no ar.

— Certo. Quer perguntar alguma coisa, Anne?

Sentada imóvel no sofá, abaixo de um pôster de turismo bengali desbotado, Anne mantém o olhar direcionado para a frente e balança a cabeça. Na rua, atrás da camada de tinta plástica descascando da janela, uma menininha de cerca de dez anos carrega um bebê no colo. Ela dá uma batidinha insistente no vidro, com a mão livre, e então aponta para a própria boca, sinalizando que sente fome. Anne não consegue desviar o olhar. O rapaz da agência percebe. Levanta-se, abre a porta e faz um sinal com a mão para a menina se afastar, gritando algumas palavras em hindi, seguidas de um "shhhh" que seria mais adequado para enxotar um cachorro, mas não um ser humano. Anne se levanta, passa por ele e sai sem nada dizer.

— Senhora, senhora, por favor, não dê nada a ela.

Anne atravessa a rua movimentada, seguida pela garotinha. Os carros buzinam. Anne não dá atenção a eles. Vai para a calçada do outro lado e entra em uma tenda que serve como quiosque de telefone público.

— Por favor, posso dar um telefonema aqui?

Assustado com a interrupção, o operador corre para acender a luz e ligar o ventilador de teto, e então aperta o contador e entrega o telefone a Anne.

— Por favor.

Anne disca o número. O telefone toca uma, duas, três vezes.

— Alô? — Anne reconhece a voz da mãe no mesmo instante.

— Mãe! Onde você estava?

— Onde eu estava? Como assim?

— Tentei telefonar do aeroporto, quando aterrissamos, mas ninguém atendeu e quase morri de preocupação.

Faz-se um curto silêncio do outro lado da linha.

— Olha, Anne, sinto muito. Acho que estávamos lá fora, no jardim. Você precisa começar a confiar nas pessoas de novo. Não pode viver com um estresse desses.

Anne suspira.

— Eu sei, eu sei, desculpe.

— Não precisa pedir desculpa. Apenas aproveite a viagem e tente relaxar, tudo bem?

Anne sorri.

— Tudo bem. Como está a Lucy?

Rose fica mais animada.

— Ela está ótima. Está dormindo. Ela é muito engraçada. Olha só o que aconteceu no parque essa tarde...

A sala está escura; há uma única janela com cortina. A tinta da parede é esverdeada e desbotada. Um ar-condicionado velho se sobressai da parede. Suas hélices, movendo-se a toda velocidade, batem na grelha enferrujada de proteção, fazendo um clique constante que se mistura com o canto religioso de um rádio distante. Da outra sala, Anne chama Evan com animação.

— Olha, vou deixar o couro para lá. Está quente demais.

A água pinga sem parar da caixa de metal do ar-condicionado, desenhando uma linha amarelada na parede. A linha fina passa a poucos centímetros de uma tomada e pousa em uma fronha cinza, formando uma mancha molhada cada vez maior.

— Evan, está me ouvindo?

Evan está deitado, com a cabeça no travesseiro, dormindo; o suor escorre de seus cabelos e têmporas. Uma porta se abre de repente do outro lado do quarto. Anne sai nua do banheiro, secando os cabelos com uma toalha.

— Evan, acorde! Já está tarde.

Evan resmunga e se vira na cama. Anne observa seu corpo no espelho da cômoda e vê, refletido, o corpo de Evan entre os lençóis, sem se mover.

— Evan, olhe para mim!

Ela lança a toalha para o alto, abre os braços de modo majestoso e mostra o corpo ao marido. Ele não se mexe. Anne se aproxima dele.

— Ei! Vamos! Você está me perturbando há meses para tirar férias, e agora só quer dormir! É essa a grande aventura que você me prometeu?

Evan abre um dos olhos. Anne gira, exibindo-se a ele. Ele esboça um sorriso.

— Vou acordar você, quer ver? — Ela salta em cima dele gritando.

Um chute forte atinge os flancos de um cachorro de rua, e o animal sai correndo, chorando de dor. Com um pano de prato em cima do ombro, o garçom de doze anos sobe os degraus que separam a casa de chá da rua lateral. Anne e Evan estão sentados na entrada, observando o cachorro se misturar às pessoas. Com uma mochila amarrada a ela, a motocicleta deles, uma reluzente Enfield Bullet 500, estaciona perto de onde estão.

Um braço esticado coloca uma bandeja sobre a mesa. O jovem garçom, com sotaque carregado, está animado.

— Bom-dia para vocês! Bom café da manhã!

Sobre a bandeja, há duas canecas com a borda lascada cheias de um líquido marrom-claro, um pires com o equivalente a uma colher de sopa de purê vermelho, um recipiente de açúcar acinzentado e dois pratos engordurados nos quais estão dois ovos fritos e uma fatia de torrada queimada e repleta de manteiga. Anne olha para a bandeja, nauseada. Evan começa a rir ao olhar para ela.

— Hum, parece delicioso!

Anne levanta a cabeça.

— Eu estava prestes a dizer isso.

Evan continua sorrindo para ela.

— Uhu! Estamos na Índia, não se esqueça. Olhe ao seu redor.

— Não é motivo para ficar doente. — Anne levanta o pires e cheira seu conteúdo. — Acho que é catchup.

Evan segura um prato, ergue-o como se fosse um recipiente sagrado e o coloca com cuidado sobre a mesa, diante dele. Pega um pedaço ensopado de torrada e lentamente o mergulha na gema do ovo, que estoura, escorre e se mistura com o óleo. Remexendo a mistura, ele leva a torrada à boca, gemendo de prazer.

— Humm, é bom, você deveria experimentar.

Anne faz uma careta. Evan ri e cospe uma massa sem forma no prato.

— Ai, você é nojento.

Evan tosse, rindo.

— Me desculpe. — Ele dá mais uma mordida na torrada. Com a boca cheia, diz: — Vamos, coma. É deliciosamente regional.

Anne balança a cabeça desesperadamente.

— Com certeza isso deve ser praticamente caviar se comparado com algumas das coisas que você já comeu, mas eu não tenho a sua experiência. Nem estômago.

Ela levanta uma xícara de chá e beberica. Tosse na mesma hora e Evan, mais uma vez, começa a rir.

As folhas das árvores filtram diversas luzes. À sombra de uma fileira de eucaliptos, um grupo de monges Jainas nus lentamente avança, varrendo com cuidado o caminho diante deles. Uma Enfield Bullet passa barulhenta por eles, levantando uma nuvem de poeira. Na moto, Anne e Evan usam fones de ouvido no lugar de capacetes e jaquetas de couro abertas. Jogando a cabeça para trás, Anne estica os braços e os bate como um pássaro; à sua frente, Evan balança a cabeça ao ritmo da música enquanto pilota. Plantações de trigo se espalham pelas laterais da estrada e, por elas, jovens distraídos passeam de mãos dadas; um camponês passa com uma bicicleta com uma pilha de gaiolas repletas de frangos. Evan buzina antes de ultrapassá-lo. Muito perto dele, soa uma segunda buzina, sobressaltando Anne, que no mesmo instante abaixa os braços e se segura em Evan, em sua cintura. Um caminhão transbordando de palha surge e entra repentinamente na frente deles, quase batendo em um ônibus que seguia na direção oposta. O caminhão parte a toda velocidade, deixando para trás um grupo de senhoras que descansam na calçada. Um pouco mais adiante, homens recolhem a carga de uma picape capotada e a colocam em um carrinho. Anne se vira quando eles passam pela cena. Perto do local do acidente, no meio--fio, há um corpo jogado sobre uma poça de sangue. Alguns corvos se aproximam do cadáver. Ninguém parece prestar atenção àquilo. Anne não consegue desviar o olhar. Conforme a motocicleta se afasta, a picape tombada logo desaparece de vista.

Seus olhos se movem sob as pálpebras fechadas, enchendo a membrana fina da pele. Pés descalços percorrem com dificuldade uma corda bamba. Com os olhos fechados, Anne avança de modo inseguro, equilibrando-se em uma corda que foi amarrada em duas árvores enormes na estrada. Acima dela, Lucy sorri. Ela flutua no ar como um balão de hélio. Anne a segura pelo calcanhar para manter o equilíbrio. Vozes distantes a chamam:

— Anne! Anne!

Lá embaixo, bem lá embaixo, seus pais, minúsculos e quase invisíveis, com Evan e Henry, o homem da fotografia, acenam sem parar para ela, alertando sobre algum perigo. Anne abre os olhos, a distância enorme, e começa a balançar. Solta sem querer o pé de Lucy e a menina parte céu acima. Anne cai, gritando, a princípio como uma rocha, e depois se vira e flutua como uma folha. Pousa delicadamente em um lençol manchado de sangue estendido pelo grupo abaixo e de repente volta para cima a toda velocidade. Em um instante, ela fica no mesmo nível da filha que flutua. Envolve os braços nela, negando-se a deixá-la escapar. Um rosnado ameaçador as envolve.

Anne acorda assustada em uma cama de cordas. Ali perto, o motor de um caminhão pode ser ouvido na escuridão. Dois olhos grandes e ameaçadores foram pintados em sua traseira; abaixo deles, há um limão e um sapatinho de criança pendentes. Anne vê o acostamento da estrada e o caminhoneiro, sob uma tenda de ferro mal-iluminada por lâmpadas de neon penduradas por fios. A seu lado, Evan dorme profundamente, não há mais ninguém; o lugar parece deserto. Assustada com o pesadelo, Anne alcança a mochila debaixo da cama e abre um bolso lateral. Pega o telefone e aperta as teclas. O sinal está bom. Ela espera, ansiosamente. Rose atende, mas, antes que possa dizer alô, Anne pergunta:

— Mãe?

— Anne?

— Sim, sou eu. A Lucy está bem? Acabei de ter um sonho horrível. Ela estava flutuando no céu, para longe de mim, e eu a segurava e tentava puxá-la de volta. Alguma coisa aconteceu?

Faz-se uma pausa desagradável.

— A Lucy está bem. Não se preocupe. Mas é estranho que você tenha sonhado isso, porque tivemos um pequeno acidente hoje. Ela bateu a cabeça no aquecedor; acabamos de voltar do hospital, e ela levou dois pontos pequenos. Mas não foi nada, não tem com que se preocupar.

Anne começa a gritar.

— Eu sabia! Eu sabia!

Evan acorda assustado.

— Vocês não colocaram o capacete dela, não foi?

— Bem, sim, mas não naquele momento. Ela estava saindo da banheira. Estava praticando uns passinhos, segurando-se na beirada da banheira, mas escorregou no piso. Mas como eu disse...

Anne interrompe a mãe.

— O médico pediu uma ressonância magnética?

— Não, não foi nada. Eles disseram que não valia a pena...

Anne, histérica, volta a interromper.

— Vale a pena, você conhece o histórico dela! Peça uma ressonância magnética imediatamente ou eu vou voltar para fazer isso!

Anne começa a chorar.

— Peça uma ressonância agora mesmo, por favor, eu imploro. Ela corre risco. Eu vi em meu sonho.

Evan se senta.

— Anne, acalme-se. O que está acontecendo?

Anne soluça tanto que mal consegue falar.

— É a Lucy... ela sofreu um acidente.

— Passe o telefone para mim. Oi, Rose, é o Evan. O que está acontecendo?

No outro lado da linha, Rose começa a chorar.

— É a Lucy. Ela caiu e bateu a cabeça no banheiro...

— Ela funga. — Não foi nada sério, mas você sabe... a Anne anda muito nervosa desde o acidente. E de John e de mim... ela exige demais.

— Vocês a levaram ao neurologista?

— Claro que sim. Acabamos de voltar de lá. Ele diz que não foi nada, mas a Anne insiste para que façamos uma ressonância magnética.

— Então, façam. Não fará mal nenhum, e todos se sentirão melhor.

Depois de uma pausa, Rose diz:

— Tudo bem. Você tem razão. Diga a Anne que vamos voltar lá agora. Telefonaremos depois.

— Obrigado. — Evan desliga. — Eles estão voltando ao hospital para fazer a ressonância magnética.

Anne chora, encolhida na cama. Evan a abraça e a consola.

— Ela vai telefonar assim que tiverem o resultado. — Ele beija o pescoço dela com carinho. — Tudo bem? Como foi seu sonho?

Logo cedo, o céu está límpido e muito azul, perfeito e frio. Anne e Evan estão na moto, com os capacetes. Com a saia esvoaçando ao vento, Anne olha para os campos sem de fato vê-los. Campos cobertos por flores se intercalam com as plantações de arroz. Algumas mulheres vestidas com saris de cores fortes atravessam os campos carregando cestos em cima da cabeça, rebolando distraidamente. Mais abaixo no vale, bandeiras de oração estão amarradas entre os pinheiros. Evan toca a coxa de Anne, apontando para as bandeiras. A motocicleta desaparece em uma curva.

O som do motor da moto se mistura aos gritos das crianças. Anne e Evan, lentamente, avançam pela rua principal do vilarejo. Apesar da dezena de crianças tibetanas e indianas que corre e grita atrás deles, a atmosfera está pesada, quase tangível. Diante de uma fileira de lojas de concreto transbordando de alimentos, os clientes e lojistas param, virando a cabeça em silêncio, para observar os estrangeiros passando.

Evan está sentado em uma caixa virada, cercado por um bando de crianças risonhas. Está comendo uma manga grande e aparentemente deliciosa. O suco grosso de laranja escorre-lhe pelos braços. Evan chupa a fruta, piscando de prazer. As crianças riem alto. Diante de Evan, há um jogo de carrom; do outro lado, seu oponente, um menino tibetano de dez anos. Orgulhoso como um pavão, o garoto rapidamente analisa Evan de cima a baixo antes de mexer a peça vermelha. Ele bate na beirada de madeira, ricocheteia, acerta e derruba uma peça branca, que escorrega para dentro de um pequeno saco de tecido no canto do tabuleiro. As crianças saltam, gritando para incentivar o vencedor. Entre os gritos, um telefone toca ao longe. Evan olha para a frente.

Sentada mais para o lado, sob o sol que bate nos degraus de uma loja, Anne rapidamente pousa a garrafa de refrigerante no chão e pega o telefone celular que está apoiado no joelho.

— Alô?

Evan a observa de soslaio.

— O que foi? Não consigo ouvir muito bem. — Anne pousa a mão esquerda na orelha e fala mais alto. — Nada... tem certeza? Não está dizendo isso só para eu ficar calma?

Prestando atenção em Anne, Evan derruba a peça vermelha com cuidado. O toque violento que ele dá com o dedo faz com que grite de dor e balance a mão, e as crianças ao redor reagem com mais risos. No mesmo instante, Anne se levanta e dá as costas para eles a fim de afastar-se do barulho. Agora, ela está cercada pelos sacos empoeirados pendurados na frente da loja: salgadinhos, doces, pimentas, xampus, sabonetes, aspirina, preservativos etc.

Ela grita:

— Ótimo. Pode colocá-la na linha por um minuto? Anne se vira de novo, aliviada. Parada na frente da loja, uma menininha tibetana a observa com atenção.

— Oi, minha linda! Está me ouvindo? — Anne escuta o balbucio da filha. — Eu te amo. Está me ouvindo? Eu te amo.

A menina tibetana se aproxima lentamente. Anne pisca para ela.

— Sim, eu ouvi a voz dela. Muito obrigada.

A menininha parou na frente de Anne. Ela estica o braço e cuidadosamente acaricia os pelos do braço de Anne, que sorri para ela.

— Certo. Ligo de novo em dois dias. Sim, o mesmo horário de hoje. Eu te amo.

A peça vermelha bate nos dois lados do tabuleiro antes de acertar o último disco branco, que sai voando em direção à rede. O rei do carrom abre os braços para festejar a vitória. Evan tira um doce do bolso e o entrega com um olhar de vitorioso. Os outros meninos o cercam e Evan fica de pé rindo, entregando os doces. Anne se aproxima dele, com um sorriso grande.

— Ela está bem.

— Viu? Eu disse! Que notícia maravilhosa. Então, quer dizer que podemos continuar nossa viagem agora?

O sol está alto. A motocicleta passa correndo, atravessando o calor que se ergue do asfalto. Ela diminui a velocidade e, de repente, para. Evan pousa o pé no chão e desliga o motor. Anne olha para trás.

— O que houve?

— Acho que comi alguma coisa que não me caiu muito bem. Espere um minuto.

Tirando o capacete, ele desce da moto, pega um rolo de papel higiênico da mochila e se embrenha na mata.

Anne analisa o local ao seu redor. A paisagem é árida e não muito agradável aos olhos: terra amarela, arbustos marrons e cheios de espinhos, rochas cinza por toda a parte. A algumas dezenas de metros adiante, a rua se divide em duas. Não há placas. Anne franze o cenho.

— Evan? O Rabang fica à esquerda ou à direita?

Evan resmunga de trás de um arbusto.

— Não sei, ou sei? Dê uma olhada no mapa.

Anne analisa o cruzamento. Uma moça com um sari vermelho vivo com um monte de lenha na cabeça atravessa a rua e desce uma viela de terra.

— Com licença!

A jovem se vira graciosamente. O bindi vermelho entre suas sobrancelhas escuras destaca os olhos castanhos, a cor escura da pele e o branco reluzente dos dentes. Anne rapidamente desce da motocicleta, tira o capacete e se aproxima dela.

— Com licença. Para que lado fica o Rabang?

A jovem não compreende. Sorri e assente, acena para Anne e se vira. Anne corre atrás dela e aponta para o cruzamento.

— Rabang?

Evan surge dos arbustos, afivelando o cinto, e volta para a moto. A jovem indiana olha brevemente para a divisão no caminho e então se vira para Anne.

— Robang?

Rabang, Robang, Anne não sabe ao certo.

— É... sim. Robang. A distância, Evan vê a jovem apontando para o caminho na direção da qual veio, acena para Anne uma segunda vez e segue em frente. Anne volta e lança a Evan um olhar questionador. Sentado na moto a cerca de vinte metros, ele reage com um bico de dúvida e passa a mão na barriga. Anne sinaliza para trás dele. Um tibetano idoso está sentado na lateral da estrada ao lado de um monumento de pedras, chamado Chorten[5].

— Vou perguntar para ele.

Evan dá a volta na motocicleta, abre um compartimento lateral, tira um mapa e vai até o senhor conversar com ele. Com uma roda de oração — cilindro que contém mantras — na mão, e o torso levemente inclinado para a frente, o senhor se remexe, murmurando suas orações.

— Com licença?

O senhor para, levanta a cabeça e sorri para Evan.

— Boa-tarde. Estamos tentando chegar a Robang. — Evan mostra o mapa e aponta para Rabang.

O senhor parece não compreender. Evan persiste, pronunciando as duas sílabas do nome.

— Roo bang... O senhor conhece?

---

[5] Uma estrutura religiosa que homenageia uma morte ou o Buda.

O senhor pega o mapa das mãos de Evan e o segura em diversos ângulos. Ao lado da moto, Anne observa com preocupação. O senhor examina cuidadosamente o mapa de cabeça para baixo. De repente, alegre, ele olha para Evan.

— Rabang?

— Sim, Rabang, isso mesmo.

O homem aponta para a mesma rua de terra que a jovem havia indicado. Anne vira a cabeça em direção ao caminho e protege os olhos. Não consegue ver o fim dele sob a luz forte do sol.

A moto parte sob a luz. Sobe um caminho íngreme, repleto de pedras pela lateral da montanha. Assustada com os solavancos na parte de trás da motocicleta, Anne segura firme em Evan enquanto observa o vale. Ali embaixo, interrompidas por uma fileira de ciprestes, plantações de trigo atravessam o terreno montanhoso, em um espaço onde a luz dourada incide. A motocicleta parte em direção ao topo. Ao redor, picos cobertos de neve são tomados pelos raios laranja do sol que está se pondo. Anne dá um tapinha no ombro de Evan.

— Vamos parar um pouco?

Evan para a moto. Anne sai do veículo, joga o capacete em um carpete de líquen e improvisa alguns movimentos de ginástica para alongar as pernas endurecidas.

— Que alívio!

Evan também desce e retira o capacete, admirando a vista.

— Nossa! Que lindo!

Encantados, eles se sentam lado a lado.

— Por que não passamos a noite aqui?

Evan se vira, sem acreditar.

— Olha, acho que prefiro dormir em uma cama de verdade, se você não se importar. Estou dirigindo há oito horas, me sinto exausto e meu estômago não parece muito bem. Não podemos estar muito longe de Rabang. Você se lembra daquele adorável hotel que vimos no guia?

Um momento se passa, e Anne balança a cabeça e se vira para ele, resmungando.

— Ninguém está à nossa espera. Temos bastante remédio para diarreia, um saco de dormir, água, até comida. Tem certeza de que não quer dormir aqui comigo, aconchegado em nosso saco de dormir?

— Minha querida, nunca tive tanta certeza.

Anne se deita de costas, com as mãos embaixo da cabeça.

— Puxa, que pena. O pôr do sol deve ser maravilhoso.

Anne fecha os olhos e respira profundamente. Nenhum som. Está tudo parado. Evan olha para seu relógio.

— Certo, vamos andando. Vai escurecer em duas horas.

Anne o ignora.

— O que acha de escutar um pouco de Bach para despertarmos? — Com os olhos ainda fechados, Anne suspira, sorrindo.

— Você e seu Bach. Eu não deveria ter feito você gostar de ouvir.

Evan desvia o olhar, cansado.

— Tudo bem, não precisamos falar nisso se você não quiser.

Anne abre os olhos e ri da expressão cansada dele. Ela o segura pelo braço e o empurra para trás, subindo em seu corpo para beijá-lo diversas vezes.

— Eu sei... não... temos que...

Evan permite o carinho por alguns instantes, mas logo interrompe, abraçando-a com força e colocando-se de pé.

— Vamos, levante-se. Podemos fazer isso no hotel.

Ele segue de volta para a moto. Anne permanece deitada, com os olhos no céu. Não vê nenhuma nuvem. Atrás dela, o motor é ligado. Ela suspira, se levanta, pega o capacete e caminha em direção à moto gritando:

— Vamos!

O eco toma o local, reverbera nas encostas das montanhas.

Uma grande nuvem de poeira mancha o pôr do sol de roxo conforme a motocicleta passa por um caminho íngreme ao lado de uma ravina. Na garupa da moto, Anne abraça Evan, com o rosto encostado em seu ombro, sem capacete e com fones de ouvido. Ela está envolvida na sonata de violino de Johann Sebastian Bach. Seus olhos se fixam na paisagem transformada pela velocidade, pelas formas e figuras que se unem em linhas abstratas, multicoloridas e brilhantes. Evan está ereto. Com as mãos no guidão, os pés nos apoios, toda a atenção voltada para a estrada à sua frente. A Enfield faz ziguezague, desviando das pedras soltas e dos buracos do caminho de terra.

Em uma curva, uma pessoa aparece à luz do sol. Evan desvia com firmeza. Passando muito perto da figura, a moto desliza na superfície lisa da estrada da montanha. Evan solta o freio em uma tentativa de retomar o controle. A

motocicleta se ajeita um pouco, mas é tarde demais. A roda de trás está girando em direção ao abismo, e eles seguem para o precipício.
Anne é lançada da moto, os fones saem dos ouvidos. Sem gritar, com os olhos fechados, ela se vira, iluminada pela cor do sol que se põe. Os braços, bem abertos, recebem o ar que enche sua camiseta branca e sopra-lhe os cabelos. Girando, sem peso, ela voa, livre, independente, solitária. Sua mente está vazia, liberta das imagens externas, dos sons externos. Apenas sua respiração, calma e constante, alenta sua tranquilidade.
E se aquilo durasse para sempre?
Mas Anne está sem tempo. Ela já está chegando ao fim da queda. Seus membros se retesam, prevendo o impacto.
... É tão bom... Ela respira... Aproveita ao máximo... Solta o ar... Mais um momento... Ela respira... Apenas um mome...
Em uma fração de segundo, seu corpo bate no chão, uma massa solta na ravina. A cabeça acerta uma pedra, se remexe sem controle, bate de novo na pedra e para.

O Bardo do Momento da Morte

O óleo pinga da caixa de motor quebrada no cilindro quente, que faz barulho e queima. A Enfield está ao lado de uma árvore sem folhas. Os dois capacetes de segurança, intactos e ainda presos na grade cromada de bagagem, estão apoiados na terra. Ao redor do local do acidente há roupas, uma sacola de itens de higiene, artigos de acampamento, CDs, o conteúdo das mochilas espalhado. Evan está caído entre os objetos. Assustado, em choque, ele levanta a cabeça, atordoado. Eles pousaram em um espaço cheio de pedras no meio da encosta, a cerca de trinta metros abaixo da estrada. O solo é cinza, rochoso, estéril, com alguns pinheiros e arbustos com espinhos, sem nenhum sinal de vegetação. Uma perna com calça jeans pode ser vista atrás de uma acácia. É de Anne.
— Anne, você está bem?
Ela não responde. Evan chama de novo, mais alto.
— Anne!

Nenhuma resposta. Evan se levanta para ir até ela, mas grita de dor assim que apoia o peso do corpo no pé. Ele cai, gritando, segurando a perna com as duas mãos. Um velho camponês tibetano desce a encosta correndo, balançando os braços.

— Espere! — Ele grita em tibetano. — Não se mexa, vou ajudar você.

Ele se apressa na direção de Anne, que não se move. Seus membros estão estirados na rocha, na posição em que ficaram na queda. Os cortes da camiseta deixam exposta uma ferida no seio direito. O rosto ensanguentado está encostado na pedra. As pálpebras entreabertas se movem em espasmos irregulares e mecânicos, como uma série de códigos Morse. A expressão está paralisada, vazia e serena. O rosto do velho tibetano surge acima dela. A pele dele é morena, marcada por rugas profundas. Óculos antigos estão apoiados no nariz achatado, e um dos braços tem um curativo escurecido pelo uso.

Ele observa Anne atentamente com os olhos escuros. Anne sorri para ele, confusa. Ele parece gentil. Delicadamente, sua mão cheia de calos levanta os cabelos dela, cheios de sangue, e ele analisa o ferimento. Um corte grande se estende do lobo parietal até a base da têmpora. Atrás deles, Evan se aproxima engatinhando.

Ele grita:

— Vá buscar ajuda! Por favor, vá buscar ajuda!

O velho não reage. Com muita concentração, procura dentro da bolsa e tira um lenço usado. Novamente, ele levanta os cabelos molhados e gentilmente seca as bordas do ferimento, e o tecido sujo absorve um pouco do sangue.

Anne fecha os olhos e expira pesadamente. O velho para a mão, esperando que a respiração dela se estabilize. Delicadamente, separa as duas partes de carne. Na pele dilacerada, misturados com o sangue, há pequenos fragmentos brancos: lascas de osso temporal.

Atrás deles, Evan finalmente se levanta. Suando, exausto, com o rosto manchado de poeira, ele consegue se erguer e estica o braço para segurar o tornozelo do homem. O camponês se sobressalta.

— Senhor, por favor, na mochila ali... — Evan prende a respiração e aponta para a moto quebrada. — Um kit de primeiros socorros.

O senhor olha diretamente nos olhos de Evan e balança a cabeça devagar. Ele não compreende o que o homem diz. Em pânico, Evan aponta de novo para a moto.

— Remédio, remédio...

O senhor olha para a moto e então se vira para Evan e mais uma vez balança a cabeça. Em tibetano, ele diz:

— Sua moto está quebrada. Não podemos fazer nada com ela.

— Evan?

A voz de Anne está fraca, baixa. Evan se arrasta pelos cotovelos na direção dela.

— Sim, Anne, estou aqui.

Anne esboça um sorriso.

— Evan... que horas são?

Evan olha para baixo e vê o relógio trincado: 17h30.

— São cinco e meia.

— Não... — Anne tem dificuldades para falar. Ela fecha os olhos, abre a boca e luta para puxar o ar. — Não aqui... em casa.

Evan cerra os punhos para se acalmar e faz um cálculo rápido.
— Em casa, são sete e meia da manhã.
Com os olhos fechados, Anne sorri de novo.
— A Lucy está tomando o café da manhã.
Evan acaricia seus cabelos com delicadeza.
— Sim.
O senhor pousa a mão no ombro de Evan e faz um gesto para que ele fique em silêncio. Evan o ignora e volta a falar com Anne.
— Vou pegar o kit de primeiros socorros. Já volto, tudo bem?
Anne escuta o que ele diz, todas as palavras confusas. Seus olhos se entreabrem de novo. A visão também está mais fraca. Ela pisca e estreita os olhos, tentando focá-los. Não adianta. Evan continua sendo apenas um borrão.
— Tudo bem.
— Certo, vou agora, não vou demorar.
O rosto borrado sai do campo de visão dela e desaparece. Anne está pálida. Sua respiração se tornou profunda e pesada. O senhor percebeu, mas ele se mantém distante, observando enquanto Evan se esforça para chegar à moto, arrastando-se por arbustos cheios de espinhos. Anne fecha os olhos. Os olhos do senhor se levantam e ele analisa o progresso de Evan, que agora já está mais distante. O camponês tira sua bolsa, coloca-a no chão e se ajoelha ao lado de Anne, sussurrando palavras em tibetano em seu ouvido.
— Você morrerá logo. Vou movê-la um pouco. Não se preocupe. Vai lhe fazer bem. É para ajudar a liberar sua consciência.

Anne sabe que estão falando com ela, mas não consegue saber quando, nem compreende as palavras. Sua força desapareceu. Mas a educação faz parte de seu ser, por isso ela busca, em suas reservas de força, responder com uma piscadela. O senhor reconhece o gesto com um meneio afirmativo da cabeça, rola as mangas de sua túnica e escorrega uma das mãos sob a pelve de Anne. Ela não tenta impedi-lo. Sua respiração se acelera. O camponês delicadamente ergue o quadril dela e vira seu corpo para o lado certo, na mesma direção do rosto dela, apoiado na pedra. Seus movimentos são lentos e delicados. Em seguida, ele ergue as panturrilhas dela, unindo as pernas, uma em cima da outra, colocando a jovem em posição fetal. Anne faz uma careta e geme baixinho. O senhor para e a observa. Gradualmente, o rosto de Anne relaxa. Pouco a pouco, a dor desaparece. Agora, ele pega a mão esquerda dela e a coloca em sua coxa esquerda, e então pega a mão direita e a coloca sob seu queixo.

— Pronto, está feito.

Ele se senta e se vira. Perto da moto, Evan vasculha de barriga no chão, procurando entre os itens espalhados. Está coberto de terra e pedrinhas; parece um pequeno animal incansavelmente procurando alimento no chão. O senhor suspira, puxando algumas contas de oração de madeira do bolso. Começa a entoar um cântico.

— Buddhas e Bodhisattvas[5], cheios de compaixão, esta mulher está prestes a deixar este mundo e passar para o outro

---

[6] Os Bodhisattvas são seres que, por terem alcançado a luz, decidem não escapar do ciclo do renascimento para ajudar todos os seres a alcançarem a luz.

lado. Ela não escolheu morrer. Não tem abrigo nem uma pessoa que possa ajudá-la. Está entrando na escuridão... Anne abre a boca para respirar. Seus lábios estão secos, a língua está grudenta e inchada, os olhos estão parados. Uma miragem aparece para ela: uma fina camada de água brilhante lentamente cobrindo o chão, acompanhada pela litania monótona do senhor. O som suave ressoa ao fundo, entrelaçado em sua visão.

— ... Ela está caindo em um abismo. Está entrando em uma floresta escura. Está começando uma enorme batalha. Misericordiosos, tornem-se o refúgio dela. Guiem-na para longe da ignorância. Salvem-na de estados intermediários. Ajudem-na a cruzar as tempestades do karma. Não permitam que ela vague em direção de mundos inferiores. Ó, misericordiosos, usem sua compaixão para ajudar essa mulher...

Com os olhos abertos, Anne não consegue ver nada além de suas alucinações. A água da miragem lentamente evapora, erguendo-se da superfície da terra em camadas densas que se erguem na direção de um céu cristalino. Anne estremece. Os intervalos de sua respiração se tornam mais compridos. Sua frequência cardíaca diminui. O senhor começa a falar mais depressa.

— ... Que a compaixão a oriente quando ela estiver sem energia, quando estiver separada daqueles a quem ama, quando seus amigos não mais puderem apoiá-la e quando ela tiver que percorrer o caminho sozinha. Que ela seja consciente e livre para escolher seu nascimento quando ocorrer a união de seus pais. Pelo bem dos outros, que ela tenha a melhor vida para atingir seus objetivos...

O velho se aproxima de Anne.

— Jovem, escute com atenção. Seu corpo deu início ao processo de dissolução. Tudo deve se dissolver, até mesmo você. A terra se dissolve na água, a água se dissolve no fogo e o fogo se dissolve no ar. Compreenda que essa é a sua realidade e não tema. Veja a verdade e a aceite...

Anne estremece da cabeça aos pés, como se sentisse frio. Está ofegante, respira com dificuldade pela boca. Um líquido transparente escorre de seu nariz, percorrendo-lhe o rosto. Sua calça jeans está molhada de urina. O som da voz do senhor perde a intensidade e se dispersa atrás da cacofonia de suas vísceras, das batidas de seu coração, do fluxo de suas artérias, do movimento de seus intestinos. Sua respiração se torna mais difícil. Seus olhos vagueiam, rolam para cima, voltam.

— Que os sons e luzes que você encontrar não se tornem seus inimigos. Esses sons são os seus sons. Essas luzes são as suas luzes...

Atrás de camadas de fumaça, a miragem do céu se afunda na escuridão e é substituída por uma cascata de luzes multicoloridas. Elas brilham e dançam, movendo-se no escuro como uma nuvem de vagalumes.

— ... O bardo do momento da morte está sobre você. Desapegue-se de todos os desejos, todos os sonhos e elos. Aceite deixar seu corpo. Ele é feito apenas de carne e sangue. É efêmero. Não se apegue a ilusões.

Um grito alto e rouco interrompe a voz calma. A luz brilha de modo errático, vermelha, amarela, laranja. Elas se chocam e se misturam, crescendo muito e iluminando Anne.

Evan engatinha desesperadamente até Anne e o senhor, arrastando consigo o kit de primeiros socorros.

— O que você fez? O que você fez? O estômago de Anne sofre uma convulsão. Ela soluça. O medo se estampa em seu rosto. Evan para ao lado do camponês agachado, gritando com a voz rouca:
— Por que a moveu?
O senhor balança a cabeça sem parar, fazendo um sinal para que ele fale baixo.
— Vá se danar! Desapareça!
Evan empurra o homem com forca, derrubando-o. Ele se inclina na direção de Anne.
— Anne, estou aqui. Não se preocupe. Tudo ficará bem.
Os olhos de Anne já rolaram para trás. Todas as suas respirações são interrompidas pelos espasmos doloridos de seu diafragma, seguidos por uma expiração demorada. Ao lado dela, Evan se esforça para abrir o kit de primeiros socorros. O zíper está preso. Ao movê-lo para cima e para baixo diversas vezes, ele consegue forçar uma grande abertura na qual enfia a mão. Rapidamente, ele tira o conteúdo: rolos de bandagem, curativos, tesouras, embalagens de comprimidos, uma seringa, tudo molhado. Preocupado, Evan volta a enfiar a mão na bolsa, procura no fundo e grita. Tira a mão, leva o dedo cortado à boca, abre o kit com força, rasgando-o. Ali dentro, no estojo de plástico rasgado, há vidros de remédio; todos quebrados.

A cavidade está úmida e escura, envolvida em uma membrana transparente e manchada de vermelho. Não há barulho, nem um som.

No alto da câmara, uma gota, em forma de lágrima, de sangue se forma. Ela cresce, torna-se arredondada, se solta pelo próprio peso da parede. A gota cai, de modo pacífico, no espaço de carne. No fundo, ela explode e se transforma em diversas pequenas pérolas. Elas se espalham no tecido brilhante, descem para a base e, como o mercúrio, se misturam em uma. Contra o rosnado abafado de uma respiração longa e profunda, a gota de sangue retoma sua forma original, e fica parada.

Uma segunda gota de sangue se forma no topo. Ela se solta e cai lentamente, batendo contra a primeira gota. As gotículas que nascem do impacto de novo rolam em direção ao fundo e se reúnem em uma nova gota, maior, com o som da segunda respiração.

Uma terceira cai, explode e se mistura com suas duas antecessoras. Elas voltam a ser uma, seguidas pelo som de uma terceira respiração, e então vem o silêncio. Nada se move. O coração parou.

A noite cobre a montanha. Evan é iluminado por algumas chamas. A mão, procurando algo no chão, segura os pedaços do telefone celular de Anne. O rosto está banhado em lágrimas. Ele está deitado ao lado de sua companheira. Anne está morta. Os olhos estão abertos, a boca, entreaberta. Manchas pequenas e escuras marcam-lhe os dentes. A parte baixa do rosto dela, encostada na pedra, está grudenta com sangue coagulado e o muco seco que lhe escorreu do nariz. Apesar disso, em meio às marcas de sofrimento, sua expressão é de paz. Ela parece calma. Do outro lado da fogueira, sentado de pernas cruzadas, o senhor toca com os dedos suas contas de oração e entoa um cântico, balançando o corpo lentamente para a frente e para trás.

— Ouça-me com atenção. Não se permita distrair. O que chamamos de morte chegou. Logo, você verá uma luz clara. Em meu país, nós a chamamos de luz pura. Essa luz não tem fonte; não tem idade. Ela vem do nada e de lugar nenhum. Não tem começo nem fim, por isso não pode morrer...

Um brilho estranho se espalha pelo corpo de Anne. As roupas, pele, músculos e agora os ossos perdem, lentamente, a opacidade e se tornam transparentes, revelando os órgãos internos. Essa transformação não é visível nem para Evan nem para o senhor.

— Essa luz passou por muitas provações, mas nunca foi afetada pelo mal que encontra. Também encontrou a verdade, mas isso não a muda. Está em cada um de nós, em todos os seres e em todos os lugares. Mas ninguém consegue vê-la. Olhe bem para ela. Essa luz é a única realidade. Concentre-se. Procure imitá-la: permaneça aberta, vazia e pura. Reconheça a si mesmo nela e seja libertada.

Uma substância densa e branca se acumula no cérebro de Anne, e lentamente se espalha para baixo. Conforme avança, ela a preenche com uma brancura que apaga todos os órgãos. Outro fluido, vermelho agora, se reúne no útero e sobe em direção à cabeça, cobrindo-lhe a bexiga, cólon, intestino, estômago, rins, fígado. Os dois líquidos se

encontram na altura do coração. Ao entrar em contato, os dois se tornam pretos. A escuridão contamina o corpo, movendo-se para fora, em direção às extremidades do corpo. Centímetro por centímetro, o corpo é apagado, absorvido pela escuridão até desaparecer totalmente.
Faz-se silêncio.

Uma auréola aparece na escuridão. Dentro da luz, paira uma silhueta esguia: Anne. A intensidade da luz aumenta, preenchendo o espaço com uma claridade intensa e suave. Suas narinas se dilatam. Ela respira profundamente, tentando absorver o momento, seus cheiros e a situação. Seu rosto fica iluminado, surpreso.

Um pedaço de madeira seca se solta na fogueira. As chamas se apagaram agora, os carvões brilham. O senhor pega um galho e remexe neles.
Do outro lado da fogueira, Evan se estremece. Ele se encolheu com as costas contra o corpo de Anne. Está acordado, com a mente em outro lugar, os olhos focalizados no nada. O senhor caminha ao redor da fogueira e retira a túnica, ajoelhando-se ao lado de Evan para cobri-lo com ela. Ele fala em tibetano.
— Você deve dormir um pouco. Amanhã será um longo dia.

Com o olhar fixo a sua frente, Evan balança a cabeça levemente e murmura:

— Apenas me deixe sozinho.

O velho se levanta, satisfeito por ter trocado algumas palavras com o homem. Anne está coberta com o saco de dormir até os ombros, como se a intenção fosse protegê-la do frio. A pele está endurecida, acentuando-lhe as rugas da testa e esticando as dobras das pálpebras. Os primeiros raios de sol se refletem no véu opaco que lhe cobre as córneas. A língua inchada preenche a boca. Uma marca arroxeada aparece na base do pescoço. Apesar da morte, seu corpo está mudando.

O camponês se senta perto dela, de sua cabeça. Ele pega um pequeno galho, tira uma faca do bolso e começa a descascar o ramo enquanto entoa.

— Quando a luz pura aparecer, seu espírito estará totalmente vazio, livre de suas lembranças, de suas paixões e desejos. Essa luz tomará você de alegria. É seu espírito original. Como essa luz, seu espírito não conhece o nascimento nem a morte. Como essa luz, seu espírito pode conservar esse vazio, essa alegria. Compreenda-a e concentre-se. Você tem a chance de se libertar do sofrimento e de continuar em paz. Reconheça isso...

O velho se interrompe. Na parte de cima do crânio de Anne, um líquido transparente e embaçado escapa, como a fumaça de calor que sai de um aquecedor. Parado, o senhor observa com atenção. O vapor se dissolve e se desfaz lentamente no ar quente, misturando-se às labaredas amarelas do fogo. Ele sorri.

— Nobre, sua consciência acaba de sair de seu corpo da maneira mais favorável. Agora, você entrará no caminho da libertação. Não há um mestre ao seu lado para ajudá-la, por isso peço que se concentre. Lembre-se de uma pessoa que você conheceu ao longo de sua existência, uma pessoa a quem você respeite pela sabedoria e bondade que ela tinha, uma pessoa em quem você confiava plenamente. Visualize essa pessoa. Considere-a seu mestre. Encha seu coração e espírito com tudo o que essa pessoa tinha de melhor e escute minhas palavras como se ela as estivesse falando...

o Bardo da Realidade

A BASE DA montanha está submergida pela névoa que cobre o vale como um véu fantasmagórico. Tudo está calmo, não há ninguém por perto. A área parece desabitada, deserta. Evan está deitado de costas para Anne. O caminho sujo por onde as lágrimas passaram marcam seu rosto. Ele não se moveu. Olha distraidamente para a panela que está entre as chamas: o vapor que surge dela, o cordão de um saquinho de chá para fora.

A mão cheia de calos do velho aparece e dá um tapinha no ombro de Evan, fazendo com que ele se sobressalte e faça uma careta. O velho oferece a ele uma xícara e sussurra em tibetano:

— Tome, fiz um pouco de chá.

Evan se vira. Anne ainda está ali, deitada de lado, com o saco de dormir sobre o corpo. Moscas pousaram-lhe nos lábios, na entrada das narinas, sobre os olhos enevoados. Evan as afasta. Tirando o cachecol do pescoço, ele o estende sobre o rosto dela. Sem se mover perto dele, o senhor observa todos os gestos e espera pacientemente, segurando a xícara. Evan se vira e o analisa em si. Por fim, ele decide pegar a xícara.

— Obrigado.

O senhor responde com um sorriso afável. Leva o dedo diante dos lábios para pedir silêncio e volta para seu lugar perto da fogueira. Evan o observa, bebericando o chá. O homem pega diversos pedaços de madeira, volta até ele, agacha-se e fala baixinho:

— Precisamos cuidar da sua perna.

Evan não reage. O senhor tenta explicar pela segunda vez. Mostra os pedaços de madeira e os coloca na perna dele, na forma de uma tala.

— Sua perna. Precisamos tratá-la.

Evan se irrita.

— O que está fazendo? Quer brincar de escoteiro, agora? — Ele suspira com tristeza. — Por que não saiu para buscar ajuda?

Como se tivesse sido acometido por uma dor repentina, o velho fecha os olhos com força e mexe as mãos no ar, fazendo gestos repetidos entre sua orelha e Anne. Evan observa os gestos dele, assustado.

— Ah, não, não me diga...

O cachecol sobre o rosto de Anne se remexe suavemente com o vento.

— Você não acha que ela consegue escutar... — Evan se vira para o senhor. — Acha?

O homem abaixa a cabeça, confirmando e volta a sussurrar.

— O som de sua voz pode assustá-la e fazer com que ela se perca do caminho, principalmente se você gritar ou chorar. Mais uma vez, ele mostra as madeiras para Evan.
— Não tomar conta de si mesmo não ajudará sua esposa.
Evan observa o homem. Apesar de não conseguir entender suas palavras, ele vê a preocupação em seu rosto marcado. E suspira.
— Certo.
Evan pousa a xícara e inspeciona o chão ao seu redor. Curva-se e pega duas faixas de gaze, e então a tesoura, e as coloca no bolso da túnica do homem. Pega as embalagens de comprimidos espalhados na terra e as examina. Escolhe uma, tira dois comprimidos e engole com um pouco de chá. O velho espera pacientemente, ainda ajoelhado no chão duro diante dele. Evan estende a mão para o senhor, que a segura para se levantar. Evan aponta para um pinheiro a cerca de dez metros e eles caminham, mas Evan se joga ao chão, gritando de dor.
— E então? Estamos longe o bastante? Podemos falar agora?
O velho concorda sem compreender, se ajoelha e dá a ele os pedaços de madeira. Evan sorri com a persistência, pega oa gravetos e os coloca ao lado da perna fraturada.
— Você tem um belo rosto... É uma pena que tenhamos nos conhecido nessas circunstâncias.
O homem sorri gentilmente.
— Você sabe que a matou, não sabe? — Evan olha no olho dele, impassivo. — Não se preocupe. Eu também a

matei. Fui eu que quis fazer essa viagem... E nós poderíamos ter dormido lá ontem.

Evan olha para o topo das montanhas, perdido em pensamentos. Tomado pelos primeiros raios do sol, o céu se torna azul.

À sombra, com a nuca apoiada no tronco de um pinheiro, o quadril encaixado entre duas raízes, Evan respira profundamente. Seu rosto está coberto de suor e os olhos, fechados. O tocador de CD estragado está apoiado em seu peito. Dos fones em seu ouvido, surge o som sussurrado de Bach que eles escutavam antes do acidente. A calça está cortada na altura do joelho e, embaixo, a perna está envolvida em bandagens. As pontas das talas aparecem.

— Senhor?

Evan entreabre um dos olhos. O velho está diante dele.

— Senhor, está me ouvindo?

A voz inconfundível do homem se mistura com o violino. Evan pressiona o botão de parar. O senhor sorri para ele.

— Está se sentindo melhor?

Evan olha para o velho sem nenhuma reação. Reconhecendo a pergunta tola que fez, ele pigarreia e balança a mão, como se quisesse apagar o que disse.

— Meu nome é Tsepel.

Evan continua sem reagir. O camponês bate no peito e repete.

— Eu sou Tsepel. E você? — Ele aponta para Evan, que suspira.

— Evan.
O senhor assente inseguro.
— Evan?
Evan pisca, confirmando.
— Sim, Evan.
O homem assente, fica de pé e começa a falar.
— Evan, daqui a pouco, vou despir sua esposa e queimar os pertences dela...
Exausto, Evan fecha os olhos, reabre-os e escuta corajosamente o som da voz do senhor.
— Ela deve compreender que não mais pertence a este mundo. Deve aceitar que precisa deixar seu passado para poder ser livre. Você compreende?
Evan não responde. Tsepel fala com ele lenta e cuidadosamente.
— Enquanto ela permanecer presa a sua vida, não conseguirá sair do estado em que está...
Evan se vira na direção de Anne. O cachecol que cobria seu rosto foi deslocado pelo vento. O rosto dela está banhado pela luz do sol.
— Você não deve ficar bravo. Precisa manter-se calmo. Precisa permitir que ela se vá. Caso contrário, vai mantê-la aqui e aumentar o sofrimento dela. Aja como se fosse indiferente. Sim?
Evan olha distraidamente para o cadáver. O senhor sorri para ele de modo carinhoso.
— Perfeito.
Tsepel procura dentro de seu bolso e puxa uma tira de carne seca, que oferece a ele.
— Tome. Você precisa comer. Precisa retomar sua força.

Evan observa o pedaço de carne. Ele caminha devagar até as coisas jogadas ao redor do que sobrou da moto.

— Tem muita coisa para comer ali. Coma. Não estou com fome.

Ele fecha os olhos de novo.

A luz diminui. Uma ave de rapina voa no ar quente. Evan abre os olhos, ainda encostado na árvore, cuja sombra baixa agora se estende até Anne e cobre seu corpo com um manto de frieza. Ao lado dela, Tsepel continua seu ritual.

— Ontem, você viu a luz pura. Se não se reconheceu nela, vai entrar no bardo da realidade e vagará por lá...

A buzina de um veículo soa a distância. Evan se senta abruptamente e olha para a encosta da montanha. Tsepel o observa pelo canto do olho, sem parar suas invocações.

— Quando seu espírito e seu corpo se separarem, uma força robusta aparecerá para você. Sua potência é tamanha que você pode sentir medo.

A buzina toca de novo. Evan se levanta das raízes da árvore e começa a engatinhar em direção à encosta que leva à estrada. O senhor se levanta e se apressa para alcançá-lo. Quando Evan começa a escalar a subida, Tsepel o segura depressa pelo pé. Evan se vira. O som de um motor a diesel ecoa ao redor do vale.

— Há um caminhão se aproximando. Não está ouvindo?

— Acalme-se. Nenhum veículo vem para esse lado.

Evan chacoalha o pé para se livrar do homem e continua subindo. Cansado, o senhor retira os óculos, esfrega os olhos, passa as mãos nas sobrancelhas e recoloca os óculos no rosto.

— Espere! Ele alcança Evan de novo, dessa vez colocando as mãos sob suas axilas e puxando-o pela ladeira montanhosa. O som do motor se aproxima. Os pedregulhos da encosta começam a escorregar sob os pés deles, caindo de novo em direção à base, mas Evan não se deixa deter. Com esforço renovado, ele se levanta de novo. Tsepel toca em seu braço para chamar sua atenção.

— Olhe para trás.

Evan o ignora e continua a subir. Tsepel o segura pelos ombros e o vira de costas, como uma tartaruga. Evan se esforça.

— Me solta!

O senhor aponta para o outro lado do vale. Evan para. A muitos quilômetros dali, brilhando sob a luz suave do sol, um ponto dourado avança lentamente pela encosta.

— Ninguém nunca vem para estes lados. A estrada é muito ruim.

Sem fôlego, respirando com a boca entreaberta, Evan olha para o veículo, que se afasta. O velho dá um tapinha em sua coxa, como consolo.

— Precisamos cuidar de sua esposa. Ela é quem mais precisa. Vou conseguir ajuda para você depois. Não se preocupe.

O sol acabou de se pôr, e na escuridão o fogo se reaviva. Tsepel se aproxima com um novo punhado de gravetos, jogando-os em uma pilha já formada. Ele esfrega as mãos para tirar a sujeira e se vira para olhar para Evan. Recostado na árvore, com a cabeça inclinada, ele parece dormir. Tsepel caminha na direção dele, para diante de suas pernas compridas e esticadas e o observa com atenção. Os olhos de Evan estão fechados. Sua respiração é profunda e pesada.

— Evan?

Evan não se mexe. Tsepel se vira e caminha na direção da motocicleta destroçada. Passo a passo, ele caminha na escuridão, inspecionando o chão. De vez em quando, se abaixa para pegar um item espalhado: um vestido, um sutiã, fotografias, uma embalagem de absorvente íntimo... Com os braços cheios, volta para a fogueira e espalha os objetos ao lado do corpo morto. Vai e volta três vezes, procurando entre os artigos espalhados e separando tudo o que pertence a Anne. Quando termina, volta para o lado de Evan e delicadamente substitui sua túnica no peito do jovem. Perturbado em seus sonhos, Evan levanta a cabeça, roncando, mas ainda dorme profundamente. Sua cabeça lentamente volta a repousar no ombro. Ele começa a roncar. Tranquilo, Tsepel volta para a fogueira e se ajoelha diante de Anne. Puxa o saco de dormir que cobre o corpo, enrola-o e deixa-o de lado. Coloca a mão esquerda em cima do tórax dela, escorrega a direita sob sua pelve e vira o corpo de costas. A cabeça de Anne rola na rocha, e seu pescoço se estica. Seus membros caem para o lado. Um a um, Tsepel solta os botões da camiseta rasgada dela e a abre. A pele é seca como papel de pergaminho. Os seios são protuberantes, seguem a linha das costelas. O tom rosado dos mamilos tornou-se cinza-claro. Os quadris têm marcas arroxeadas. Uma grande mancha verde pode ser vista em seu umbigo. Tsepel passa um braço embaixo do pescoço e ergue-lhe o tórax. A cabeça de Anne encosta no peito. Tsepel segura as mangas da camiseta dela e puxa. O algodão branco escorrega por suas costas. Ele a deixa de lado e delicadamente repousa o torso seminu. Ele desabotoa a calça de Anne, levanta-se e vai para perto das pernas dela. Em pé, levanta os tornozelos da moça, um de cada vez, solta o cadarço dos sapatos, tira-os e em seguida remove as meias, jogando-as no chão. Segura a cintura da calça jeans e puxa. A barriga flácida de Anne se mexe com o movimento. O material grosso escorrega até os pés e sai. Depois de serem despidas, as pernas caem pesadamente no chão. Ele se inclina para a frente a fim de segurar a calcinha dela. O fino tecido de algodão se enrola e se prende nas nádegas, mas acaba cedendo com a insistência de Tsepel. Anne, deitada de costas, está totalmente nua.

Tsepel abre a camiseta e a usa para reunir as outras peças de roupas e os itens obtidos perto da motocicleta, e amarra as mangas para contê-los dentro da trouxa. Depois, pega a trouxa e a lança na fogueira. As mangas da camisa se soltam e as fotografias de Anne escorregam para dentro da fogueira. Lucy é consumida pelas chamas, soltando enormes nuvens de fumaça que são carregadas pelo vento até o pinheiro. Evan tosse e desperta. O homem permanece de pé, impassivo, diante dele, colocando as roupas de Anne na fogueira. Imediatamente atrás dele, o corpo nu da esposa de Evan tremula no calor do fogo. Evan grita.

— Não!
Esquecendo-se da perna, ele tenta ficar de pé e logo cai, gritando mais alto ainda. O senhor caminha na direção dele, abraça-o com força e o silencia colocando as palmas das mãos sobre seus lábios.
— Não grite. Você vai assustá-la.
Os olhos de Evan, assustados, observam o cadáver, e ele se sente tomado pela náusea. Um líquido amarelo e denso escorre por entre os dedos e pelo queixo de Evan. Tsepel se afasta e coloca a mão, suja pelo vômito do jovem, no bolso da calça, tira uma fotografia do Dalai Lama, com as pontas dobradas, e a balança diante dos olhos de Evan. Com o vômito pingando do queixo, Evan chora em silêncio.

As estrelas brilham no céu escuro da noite. Tsepel voltou para o lado da fogueira e retomou as orações.
— Você não foi a primeira pessoa a deixar este mundo. Acontece com todos nós. Não se apegue a nenhum desejo ou a nenhum capricho desta vida...
A sua esquerda, o corpo de Anne está coberto de novo com o saco de dormir. Seus pés pálidos, cuidadosamente unidos, aparecem na parte de baixo.
— Você não pode mais ficar aqui. Sua única maneira é continuar até encontrar seu caminho...
Evan também está de volta a seu lugar, recostado no pinheiro. Cuidadosamente organizadas entre as duas raízes

que o mantêm sentado, estão pilhas de pacotes de refeições, CDs, o restante do kit de primeiros socorros e algumas roupas. Em cima de uma blusa de lã, está a foto do Dalai Lama, presa por uma pedra.

— ... As visões que aparecerão podem assustá-la, mas você deve compreender que elas não são reais. Elas são inofensivas. Você sentirá medo, mas também se sentirá segura, como uma criança que vê monstros nas sombras...

Sem se mexer sob a túnica, Evan aperta uma das malas rasgadas contra a barriga. Sorri e olha para o nada.

— ... Suas visões são frutos de suas projeções, de sua imaginação e suas lembranças. Tudo o que você vir será apenas a projeção de seu espírito.

Vê-se uma faísca na escuridão. Ela se expande e se torna um pontinho brilhante e, então, uma bola de luz. Conforme a luz cresce, ela gradualmente revela em seu centro um coração, sem movimento. A bola se torna um globo e continua a se expandir; enquanto cresce para os lados, o interior se torna iluminado. Primeiro, aparece um seio, depois um quadril, uma barriga e um umbigo. É o corpo de uma mulher jovem. Sua pele pálida e transparente parece sedosa, como se tivesse sido coberta por uma fina camada de pó. A carne é firme, cheia e macia, suas curvas são perfeitas, sem marcas de rugas ou quaisquer imperfeições. Um queixo aparece, depois lábios vermelhos, duas faces, uma pinta na direita. Anne sorri.

— ... Sejam quais forem as imagens que vir, os sons que escutar, saiba que eles não podem feri-la. Você não pode morrer...

Em um movimento repentino, a circunferência surge e a claridade de seu interior se intensifica, envolvendo e iluminando Anne totalmente. Sem se mover, ela flutua, livre da gravidade. Seus olhos estão arregalados. Diante dela, do outro lado da esfera transparente, ela vê um sol nascer da escuridão, uma manhã sem horizonte. A estrela do dia surge da escuridão. Com claridade não natural, ela ilumina uma parte do infinito: um céu azul, um lago brilhante, uma grande planície coberta com trigo dourado balançando ao vento esmeralda. Um trovão ressoa a distância.

— ... Essas imagens e sons se refletem apenas em você. Tente reconhecer-se neles. Lembre-se disso e encontre a paz.

A grande paisagem começa a se virar, girando cada vez mais rápido, e logo não passa de uma coleção de partículas multicoloridas preenchendo o espaço. Há raios brilhantes de luz que se movem em direção a Anne, percorrendo seu corpo até se reunirem em seu coração. Batendo, o monte de músculos do tamanho de um punho reflete na superfície interna da esfera, cobrindo-a com cores primárias que mudam como a superfície de uma bolha de sabão. Lentamente, as cores se misturam, fundindo-se em linhas, contornos, formas. As formas se tornam identificáveis: rostos, objetos, lugares. Uma cascata de imagens cobre a parede interna da esfera, como um quebra-cabeça cujas peças não têm margens definidas. Anne vê as imagens brilharem com grande velocidade, fundindo-se umas às outras em uma série impressionante. Ela observa seu destino se desdobrar.

Sua primeira visão: cercada pela auréola de luz forte da lâmpada de operação, os rostos de médicos com máscaras verdes, borradas e deformadas pelo resíduo do fluido amniótico em seus olhos.

Em seguida, um banheiro de azulejos de cerâmica azul--clara. No espelho oval acima da pia de porcelana, Anne vê a si mesma pela primeira vez, nos braços da mãe. Uma Rose jovem e resplandecente, com o rosto na cabeça da filha, entoa uma canção de ninar e a embala.

Uma mãozinha desajeitada derruba uma mamadeira de vidro. A mamadeira se desequilibra na bandeja de um cadeirão e cai no piso cinza, quebra e espalha leite por todos os lados.

Em cima da mesa de madeira grande e maciça, há um bolo de aniversário, coberto com creme branco e frutas em calda. Em cima, duas velas com listras brancas e cor-de--rosa se consomem em pequenas coroas de plástico.

Um enorme urso panda de pelúcia, preso entre almofadas coloridas em um sofá de veludo marrom, pede companhia com os olhos firmes e rasos.

Sem peso na esfera, Anne é tomada, de um lado a outro, pelas imagens. Ela passa do medo ao riso, da seriedade às doces lembranças.

Cinco crianças vietnamitas correm, chorando, por uma estrada de terra, seguidas por quatro soldados armados. No centro da foto em preto e branco, há uma menininha de cerca de dez anos, nua. Está com os braços abertos, o rosto transfigurado pela dor; ela avança, com a boca torta em um grito silencioso de dor.

Debruçado na mesa da cozinha, de fórmica, com a cabeça apoiada nos braços dobrados, seu pai, John, com trinta e poucos anos, soluça.

Hector, um pastor alemão, pula de um lado a outro desesperadamente em uma varanda de ardósia preta ao lado da praia, tentando pegar um peixe que se move, segurado por um homem risonho de sessenta anos.

Com as orelhas ao vento, espalhando gotículas de água salgada, Hector corre pela beira da água, alegrando-se com sua liberdade.

Na tela grande, levada por uma valsa, Bambi gira no gelo, cascos espalhados.

No primeiro dia de aula, a professora afasta os pais da classe. As crianças choram e berram, Anne entre elas.

Rose está em pé, furiosa. Levanta o braço e o abaixa com força. Anne, de seis anos, com a mão no rosto, olha aterrorizada para a mãe gigante. O papel de parede atrás dela está cheio de rabiscos infantis.

O avô de Anne está deitado e frio na cama, impecavelmente vestido com um terno escuro. Seu rosto está estranhamente inchado, a pele, pálida e mole.

Uma tigela de metal no piso frio. Comida de cachorro espalhada ao redor.

Presa em sua esfera, sem força, exposta a seu passado, Anne chora.

Anne, adolescente, deitada de costas, oferece seu corpo. Um jovem ao pé da cama a admira.

A chuva cai em uma noite escura. Ensopada, Anne desce por uma rua vazia de bicicleta, gritando de alegria.

Anne, usando uma beca alugada, está em cima de um palco em uma quadra de esportes para receber seu diploma do ensino médio.

Dentro da esfera, Anne se sente eufórica.

Carregando uma grande pasta verde, usando roupas chiques, Anne passa, pela primeira vez, por uma porta alta de madeira da Academia de Arte de Nova York.

A banda em um bar lotado toca blues. Com os cabelos despenteados, Anne dança no ritmo em uma pista de dança, sendo observada por clientes que se divertem. Um desconhecido, um homem de quarenta e poucos anos, segura a moça pelo braço, gira-a duas vezes, a envolve nos braços e a beija. Anne permite.

A atmosfera é de reverência. Anne posa nua para um grupo de alunos em uma aula de pintura viva. Um ruivo de cabelos encaracolados olha para ela com carinho, com a tela em branco.

Deitada de frente em uma cama desarrumada, com o queixo apoiado nas mãos, Anne, nua, observa as nádegas firmes. De costas para ela, nu em meio à cozinha bagunçada, o ruivo faz café.

Um velho Oldsmobile Cutlass vermelho está estacionado na frente da casa, envolvido com um enorme laço azul-claro, com um enorme número 23 pintado de preto no capô.

John, Rose e Anne estão na porta. Rose tira as mãos dos olhos de Anne, que pula e grita, dando beijos nos pais.

Muito bem-vestida, com os cabelos puxados para trás, Anne termina de escrever seu nome no quadro negro e se vira. Uma sala cheia de adolescentes olha para ela.

Anne, embriagada, desce uma rua, tropeçando. Um jovem a ajuda a subir os degraus de um prédio dos anos 1920, onde ela mora.

Trancada em um banheiro, Anne olha para a haste de plástico que segura. Há uma pequena janela na ponta. Duas linhas cor de rosa e paralelas aparecem lentamente.

A madre superiora sorri e agradece a Anne mais uma vez nos degraus da escola e então fecha a porta com firmeza.

Um amontoado de formas cinzentas na tela do ultrassom se une e se separa como protozoários. De repente, uma forma clara se faz: dedinhos pequenos, um pé, duas pernas, dois braços, uma cabeça. No meio do tronco, uma pequena água-viva se contrai. O coração aos pulos.

Flutuando na bolha, Anne sorri, com os olhos marejados.

Há uma caixa preta como um caixão no centro do circo, logo abaixo do topo do mastro principal. Um palhaço anão vestido como bebê dança na barriga de Anne. Ela grita de dor; a plateia ri muito.

Raios de sol passam por entre as cortinas fechadas e recendem na parede. Henry está na cama. Anne, grávida, desenha sentada ao lado dele.

Uma praia comprida e deserta está banhada de sol. Henry, apoiado nas pernas e mãos, termina de cobrir Anne com areia. Coberta até o pescoço, ela joga a cabeça para trás e ri.

Henry, de joelhos, desenha o rostinho de uma menina na barriga proeminente de Anne, com um marcador. Irritada, em pé e com a barriga exposta na frente dele, Anne permite.

Anne franze o cenho dentro da esfera.

Anne, vestindo uma camisola, recosta-se em um monte de travesseiros. Com o olhar cansado, observa afetuosamente sua recém-nascida, que mama. Henry espia, sem que ninguém perceba, do corredor, pela porta entreaberta, mas não ousa entrar.

Um pequeno aeroporto. No asfalto, Anne caminha em direção à aeronave, carregando um bercinho tipo moisés. Ela para e procura Henry pela janela do terminal. Ele não está ali.

Anne coloca um cartaz na vitrine de uma pizzaria. O nome dela aparece em uma cópia de uma imagem de um lobo branco com dentes à mostra.

A galeria de sua primeira exposição está repleta de pessoas. Nas paredes, há imagens de deuses tutelares e um retrato de Henry. É possível ouvir risadas na multidão. Em um canto da sala, Anne segura uma bebida e conversa de modo entusiasmado.

Dentro da esfera, Anne baixa a cabeça. Com os olhos fechados, soluça.

Um corredor de hospital à noite. Com o rosto banhado em lágrima, o rosto sujo de sangue, Anne agita os pés histericamente e bate no vidro da porta da sala de ressuscitação.

Anne está correndo no Central Park na chuva, empurrando um carrinho de bebê em um caminho de três vias. Um jovem grita e corre para o lado delas.

É Evan, com o rosto alegre e entusiasmado, quase irreconhecível.

A cozinha da família está uma bagunça. Evan está sentado diante da menininha, que usa um capacete vermelho repleto de manchas pretas, como uma joaninha. Ele dá comida a ela. Silenciosamente, ela cospe a comida de volta. Anne e sua mãe riem.

Anne cortou os cabelos. Sentada de pernas cruzadas em um tapete persa na sala de estar dos pais, ela folheia um livro sobre *tangkas*[7]. Recostado perto da lareira, Evan a observa, sorrindo.

Anne está sentada de roupão no acostamento da estrada, paralisada de medo. O motor do caminhão é acionado na escuridão. O limão e o sapato de criança se remexem sob um olhar ameaçador.

---

[7] Pinturas ou bordados budistas ou hindus.

A motocicleta cai do precipício. Anne se vira silenciosamente para o céu azul, com os braços abertos. Dentro da esfera, os olhos de Anne se fecham. Serenamente, ela revive a liberdade da longa queda, a suspensão do tempo. A voz do senhor invade, uma interrupção brutal.

— Ainda que você tenha praticado a espiritualidade em sua vida, se não reconhecer essas projeções, elas não valerão nada.

Anne abre os olhos. Toda a superfície interna da esfera está coberta com imagens de Lucy. Ela brinca alegre dentro da banheira, sob o olhar contente dos avós. Sua cabeça está envolvida em uma bandagem.

Os PRIMEIROS RAIOS da manhã marcam os contornos dos picos tortos e cobertos de neve. Em todas as partes, até onde a vista alcança, montanhas que antes eram ameaçadoras e indiferentes se envolvem de luz e renascem, quase como se essa progressão pacífica, praticamente divina, fosse banal. Perdido no ponto mais baixo dessa imensidão há um leve toque de açafrão. Preso entre a escuridão profunda da vegetação e o cinza lentoso da rocha, ele perdura, um fogo pequeno e firme no meio do ano. Na frente dele, imperturbável, Tsepel continua a remexer o carvão enquanto entoa.

— Mesmo que você tenha estudado os textos sagrados por séculos, eles não ajudarão em nada se você não reconhecer suas projeções. Se não reconhecer suas projeções, nunca encontrará a paz...

Diversos metros atrás dele, Evan está recostado em um pinheiro, tremendo. Vestindo a túnica do camponês, ele segura a mochila vazia contra a barriga; sua respiração se tornou uma série de suspiros longos, constantes, quase calmantes. Sua mente vagueia, levada em ondas e ondas de lembranças enavescentes: uma xícara de chocolate quente, o café no Central Park, a risada de Anne, os cadarços desamarrados de seus tênis vermelhos, o girassol no carrinho de Lucy, a mancha escura na calçada úmida, as árvores na primavera, um rastelo reunindo as folhas amareladas... Ele não tem mais força para se concentrar em uma imagem e pausar o tempo, mas se recusa de modo obstinado a dormir, a deixar Anne sozinha com aquele maluco. E ainda tem mais. Ele não quer entrar no mundo dos sonhos, não quer escapar. É culpado, e os culpados devem sofrer. Que ideia idiota. Que pensamento arrasador, mórbido — mas como conseguir se livrar dele? Como pode afastar a culpa forte e intensa que não consegue nada além de aprofundar seu desespero? Com os olhos semicerrados, Evan observa as faíscas pulando no céu. E, ainda assim, a poucos metros dele, Anne reapareceu.

Ela está sentada, muito calma, entre a fumaça que sai da fogueira. Sua camiseta branca, rasgada e manchada de sangue parece nova agora, brilhando tanto que quase cega. Seu corpo também parece novo; seus ferimentos desapareceram, sem deixar traços do acidente. Desorientada nesse lugar não familiar, ela não entende quem é o senhor desconhecido sentado diante dela, que se balança e canta ao lado da fogueira. Em vão, ela tenta afastar a fumaça de seus olhos.

— Você vai acordar e tentar entender o que está acontecendo. Sua consciência vai se manifestar de modo parecido com o de antes...

Anne não percebe que o velho está falando tibetano. Ela entende todas as palavras que ele diz, mas outras perguntas se formam em sua mente.

Quem é esse homem? O que ele está fazendo ali, no meio da noite? E o que estou fazendo aqui? Onde fica este lugar?

Mas Anne não ousa interrompê-lo para perguntar. Ele parece estar cumprindo um tipo de ritual e ela teme perturbá-lo. Tenta se concentrar.

Com quem ele está falando? E sobre o que ele está falando?

Ela está sentada no saco de dormir que foi esticado sobre seu corpo, mas ainda não o viu. Ela não sabe.

—... Você terá um corpo físico, feito de carne e osso, idêntico ao que lembra. Mas ele será radiante e cheio de vida...

O que estou fazendo aqui? Finalmente, ela se decide.

— Senhor?

Ela espera por uma resposta, mas o senhor não escutou. Ela chama de novo, mais alto dessa vez.

— Senhor?

Nenhuma reação. Ele continua a falar como se fosse surdo.

—... Será o que chamamos de corpo mental. Ele é criado por seu inconsciente e levará você aonde deve renascer...

Anne escuta o que ele diz. Um arrepio lhe percorre as costas, uma premonição. Ela se remexe. O que está acontecendo? Tem alguma coisa estranha. Tem algo errado. Mais uma vez, ela tenta afastar a fumaça, mas ela continua a envolvê-la, como se ela não tivesse se mexido. Anne não percebe, ocupada demais tentando enxergar à meia-luz, tentando decifrar a cena a seu redor: arbustos, árvores, rochas, um cheiro de resina. Como uma seta que aponta o caminho, um fino raio de sol incide no topo e ilumina os contornos cromados da moto, a roda da frente entortada pelo impacto. Lentamente, o raio de luz se amplia, revelando, pouco a pouco, a cena do acidente. Anne fecha os olhos e respira fundo. Ela se lembra. Não quer mais ver, mas não consegue controlar as lembranças que agora invadem sua mente. Determinada, ela volta a abrir os olhos, pronta para enfrentar o que vier. A dezenas de metros, aos pés da conífera, Evan também se surpreende com o amanhecer. Ele baixa a cabeça. Suas pálpebras se remexem. O sono em breve vencerá seus esforços. Anne corre até ele e se ajoelha a seus pés. Ela se assusta ao vê-lo sujo de terra, com as roupas rasgadas, ferido e com uma tala improvisada na perna.

— Evan, o que aconteceu?

Evan não responde. Anne estende o braço para chacoalhá-lo pelo ombro, mas, em vez de tocar no material grosso da túnica de Tsepel, sua mão passa diretamente sem qualquer resistência. Anne dá um salto para trás, grita e tropeça. Apesar de ele estar a poucos metros dali, a voz do senhor chega a ela com clareza.

— ... Ouça com atenção. Mesmo que você fosse cega, surda ou aleijada em vida, agora seus olhos podem enxergar, seus ouvidos ouvem e suas pernas podem se mexer...

O senhor continua seu monólogo impassivo perto da fogueira. Nem ele, nem Evan se movimentaram. E ela gritou.

— Será que eles não me escutaram? Não me viram?

Ela se levanta e olha para as próprias mãos. O que está havendo? Não pode ser! Ela permanece parada por alguns segundos, com os olhos firmes em Evan, e então um grito incontrolável lhe escapa.

— Evan, acorde!

O silêncio que se segue é mais ensurdecedor do que seu grito. O senhor continua.

— ... Todos os seus sentidos estão claros e perfeitos. É um sinal de que você está morta e que está vagando no bardo do renascimento...

— Morta?

Essa palavra! Em pânico, Anne se levanta e se volta a Tsepel, gritando:

— Não, eu não acredito! É um erro, só pode ser. E mesmo que não seja, eu me recuso. Eu me recuso! Você não pode me obrigar!

Assim que diz aquilo, ela percebe que traiu a si mesma. Sabendo que sua voz não pode ser ouvida, ela gritou mesmo assim, todos os sons inúteis confirmando o que o senhor disse. Ela sabe, então, o que aconteceu. Por que mais ela teria gritado, por que aquela raiva, aquela rebeldia? Mas como ela poderia aceitar o inaceitável? Ela afasta o conhecimento, tenta se recompor, continuar acreditando.

— Certo, eles não me ouvem, eles não me veem. Tudo bem. Não posso me comunicar mais com eles. Certo, vou me acalmar. Estou em outro nível, talvez seja um pesadelo, mas isso não quer dizer que eu esteja... Não. Isso não prova nada.

Sua mente busca uma explicação lógica que possa acabar com aquele pesadelo, que possa confortá-la com sua firmeza. Mas é impossível esconder-se da própria hipocrisia. Por que ela não consegue dizer aquela palavra simples? Por que não usar aquele conjunto inofensivo de letras? Medo, o medo está alterando seu raciocínio.

Pare. Você precisa parar de analisar demais, só está ficando mais confusa. Simplesmente acredite. Acredite! Mesmo que signifique acreditar em uma mentira! Você precisa acreditar, para poder sobreviver e lutar!

Meu Deus, o que estou dizendo? Cale-se! Cale-se! Mantenha a calma.

Anne se senta, fecha os olhos e dá um tapa na própria cabeça, frustada. Ela respira e expira diversas vezes para retomar o controle de seus pensamentos. Depois de dez segundos, aproximadamente, ela reabre os olhos.

Certo, assim está melhor. Vamos começar de novo. Essa palavra não existe. Enquanto ela não existir, ainda haverá esperança, a esperança de despertar. Eu preciso de um bom despertador, alto, com um toque tão agudo que acorde a todos, de qualquer coisa. Vamos, várias vezes e todas juntas, por todas as manhãs que ainda me restam. Vamos, toque! Toque!

Anne se vira para Evan. Os olhos dele continuam fechados.

— Evan, eu imploro, responda. Não é verdade o que esse homem está dizendo. Diga que você consegue me ouvir, Evan, estou implorando!

Ela tenta esticar o braço e chacoalhar o marido, mas sua mão passa por ele sem que ela sinta nada.

— ... Seu corpo será capaz de se mexer sem qualquer impedimento. Você pode atravessar paredes, casas, a terra, até mesmo o monte Kailash[8]. Você pode atravessar tudo, menos o ventre de sua mãe.

Anne se senta, com os olhos fechados, cobre as orelhas com as mãos e implora:

— Toque, toque, despertador!

Um relógio faz um tique-taque alto na noite, marcando o tempo enquanto as sombras das árvores dançam contra o teto. Do lado de fora, uma brisa suave balança os galhos de um lilás majestoso tomado pelo brilho laranja das luzes da rua. O quarto está tomado pelo cheiro doce das flores. As narinas de Anne se abrem. Ela lentamente tira as mãos das orelhas e abre os olhos, com o coração batendo forte. A sua frente, ela vê a pia de sua infância. Na prateleira acima, entre um frasco de fragrância dentro do qual há uma escova de dente e um tubo de pasta de dente de morango, está um grande despertador de latão.

Ah, não. E agora?

O tique-taque forte do relógio tinha sido a ameaça de sua insônia na infância, relembrando anos de sono perdido. Anne rapidamente balança a cabeça para afastar aquela lembrança inútil. Ela não quer pensar nem se lembrar. Olha para baixo. Está sentada em uma colcha de cama com

---

[8] O pico mais alto do Tibete, a fonte dos rios Ganges, Brahmaputra, Indo e Sutlej, Kailash é considerado o centro do universo não apenas pelos budistas, mas também por hindus e jainistas, que o chamam de Monte Meru.

estampa de pipas de diferentes cores, aquela que ficava em sua cama na casa dos pais. Anne vira a cabeça. Lucy está deitada, sem camiseta, ao seu lado. Os cabelos loiros saem sob a bandagem em sua cabeça. As bordas estavam molhadas de suor. Deve estar quente; mas Anne não sente nada. Ela se inclina sobre a filha.

— Lucy?

Nenhuma reação.

— Lucy!

Lucy dorme tranquilamente.

— Você também não me ouve?

O peito da garotinha sobe e desce em um movimento fluido e regular. Sua pele brilha como cetim sob as luzes da rua, coberta por uma camada fina de suor. Anne a observa.

— Lucy, está me ouvindo? Ai, meu Deus, para que estou aqui?

Com as costas da mão, Anne faz um carinho no rosto da filha.

— Lucy...

Anne procura controlar o choro. Não quer perturbar a filha.

— Lucy, acho que estou... morta...

Anne contrai os lábios e engole a dor. Lágrimas silenciosas escorrem por seu rosto.

— Lucy, preciso conversar com você. — Uma lágrima cai na colcha e desaparece. — Você vai sofrer por minha causa.

Anne se deita, abraçando a filha, sentindo seu perfume, acariciando seu rosto. Lucy se vira na cama, esfregando o nariz. Seu rostinho se mistura ao da mãe e seus dedos também. Apesar das lágrimas, Anne esboça um sorriso.

— Bem, pelo menos uma coisa boa.
Ela se senta delicadamente e beija a cabeça da filha.
— Está sentindo alguma coisa?
Lucy não reage. Anne volta a se deitar a seu lado, fecha os olhos e funga.
— Você tem um perfume delicioso.

Os banhistas estão deitados sobre toalhas em uma fina faixa de areia branca perto do mar. As pessoas caminham pela orla, de olho nas crianças que brincam nas ondas. O céu está azul-claro, o clima está perfeito.
Uma menininha de cerca de seis anos, usando um maiô, levanta o rosto dos cabelos vastos de um senhor. Ela está sobre seus ombros. Os cabelos compridos dele estão presos com um laço verde-claro. Ela tem uma pinta na bochecha. O senhor carrega a pequena Anne e analisa as dunas.
— Você consegue vê-lo?
Anne se inclina sobre o ombro do homem para poder olhar em seu rosto.
— Vovô?
— Sim, Anne. — Ela se inclina um pouco mais. — Vovô, é você mesmo? — Ela perde o equilíbrio.
— Ei, cuidado! — O homem a segura pelos joelhos, coloca-a de novo nos ombros e a mantém firme novamente.
— Claro que sou eu. Quem mais poderia ser?
— E você consegue me ouvir! — Anne abraça o avô.
— Cuidado, você está me estrangulando!
Anne solta um longo suspiro de alívio.

— Ah, fico feliz por saber que o senhor pode me ouvir.

O avô dela levanta a mão.

— Ah, ali está ele, finalmente.

Um pastor alemão de pelo branco e marrom vem correndo na direção deles, saindo do sol. Surpresa, Anne abre os olhos e os protege com as mãos.

— É o Hector!

— Claro que é o Hector.

O avô a tira de seus ombros e se ajoelha diante dela. Ele a segura pelos ombros e olha em seus olhos.

— Está se sentindo bem, Anne?

Anne olha dentro dos olhos deles por um minuto.

— Sim... Estou bem.

Ela segura os braços dele e os pressiona com força contra o peito. Livra uma mão e rapidamente pressiona a palma contra a testa dela para verificar se está com febre.

Anne sorri para ele.

— Não se preocupe. Estou bem. Só estou muito feliz por estar com você, só isso.

O cachorro se une a eles com um graveto na boca e o deixa aos pés de Anne, afastando-se um pouco. Ele olha para o graveto com ansiedade. O avô o pega e o lança. Hector sai correndo.

Anne e seu avô observam quando ele se afasta.

— Ele vai voltar, não é, vovô?

O homem olha para ela com preocupação, então desdobra o chapéu que guardava no bolso e coloca-o na cabeça dela, dando um tapinha.

— É claro que ele vai voltar. O que foi, minha querida? Você está fazendo perguntas esquisitas, falando de modo estranho. Aconteceu alguma coisa?

— Você também está morto?

O avô se retrai, franzindo a sobrancelha.

— Eu pareço morto?

— Não, e eu? Pareço?

A luz do sol brilha na superfície da água. As ondas batem devagar contra o velho casco branco enquanto dois pezinhos espalham as ondas. Anne está sentada no deque de madeira, com os ombros entre o mastro e a corda deste.

— Olha!

O avô dela está de pé na popa do navio, de costas para ela, segurando o timão entre as pernas. Sua vara está curvada, quase dobrada em dois. Ele roda o molinete o mais rápido que consegue, e Hector salta a seus pés.

— É um grandão!

Anne se livra da corda e se esforça para ficar em pé enquanto o navio se vira para o lado. Sem equilíbrio, o avô se senta de repente, ainda girando o molinete. Um lindo robalo é puxado para a superfície. Ele salta e mergulha, tentando se libertar. O avô larga a vara no fundo do barco, segurando a linha de náilon, e conduz o peixe às patas de Hector. Pegando o robalo pelas guelras, o avô rapidamente retira o anzol. Impressionada, Anne segura o mastro. Ele ergue seu troféu com orgulho. Seu rosto está sério e a pele, pálida.

— Lindo, não é?

Anne sorri com admiração, com os cabelos balançando ao vento. O peixe, com uma guinada, escapa das mãos do avô e cai de novo na água, e Hector salta atrás dele. Anne começa a rir. O avô, contrariado, chama o cão de volta de forma ríspida.

— Hector, aqui!

O cão nada em círculos, sério. Anne ri anda mais. O avô a observa, divertindo-se.

As cortinas estão fechadas no quarto de Anne, deixando o cômodo em completa escuridão. Anne está deitada na cama. Impassivelmente, escuta os pais no quarto ao lado. Rose chora.

— Mas por que ele não ligou para nós? Por que não disse nada?

John responde com a voz baixa.

— Não sei... Talvez porque moramos muito longe. Talvez ele quisesse apenas poupar um pouco de trabalho. Você sabe como ele é...

Rose ri e funga.

— Poupar nosso trabalho? Se você acredita nisso, acreditará em qualquer coisa. Aquele homem é egoísta até os cabelos. Ele tem me chantageado emocionalmente há trinta anos. Filho da mãe. Não pense que ele é sempre carinhoso.

Anne se vira abruptamente na cama e esconde a cabeça embaixo do travesseiro.

 Um lagarto desaparece na confusão que rodeia um velho muro de pedra. Ramos de suas flores violeta moldam as janelas francesas que dão para uma varanda de ardósia. Anne dorme em uma cadeira de vime, com um livro aberto a seus pés. Hector, com a língua para fora, observa pacientemente as fileiras de formigas carregarem migalhas de bolacha diante de seu nariz.
 Em frente à casa, o sol, que está se pondo, escorrega para dentro do mar. Tudo está calmo. O avô de Anne aparece atrás de uma hortênsia, usando um avental de jardinagem e um chapéu de palha. Há um alicate em seu bolso. Ele caminha com dificuldade, sobe os degraus que dividem o jardim da varanda, tirando as luvas de couro no topo da escada. Seu rosto está pálido. Ele se aproxima de Anne e delicadamente separa seus cabelos, que lhe cobrem o rosto, e lhe dá um beijo na testa antes de pegar seu livro. Ele o fecha e vê a capa: *As Aventuras de Ulisses*. Ele sorri, repousa o livro, levanta Anne nos braços e a leva para dentro da casa. Hector caminha em silêncio atrás deles.

 John, na casa dos quarenta anos, está usando um terno escuro. De pé, com as mãos dobradas diante do paletó, olha para frente. Rose está ao lado dele, vestida de preto. Seus olhos estão vermelhos, com olheiras grandes. Anne enterra o rosto na saia da mãe. Seu vestido lavanda é um contraste alegre com a atmosfera sombria. Uma gaivota sobrevoa o local. John ergue os olhos e observa a ave desaparecer entre as nuvens que se acumulam.

— Temos que ir. Vai chover.

Rose tenta tirar a filha de perto dela, mas esta se prende ainda mais a sua cintura.

— Vamos, Anne, temos que ir. Já acabou.

A menininha a ignora.

— Querida, precisamos ir. Hector está esperando por nós em casa. — Rose acaricia seus cabelos e olha para o marido, pedindo apoio.

— Sua mãe tem razão, Anne. Ele está preso sozinho há muito tempo. Precisamos soltá-lo. Lembre-se, você prometeu cuidar dele.

Anne lentamente se volta. John segura sua mão e, juntos, eles se viram e caminham em silêncio para longe da cova aberta atrás deles. Ali dentro, no caixão, havia um buquê de margaridas e um desenho de criança, no qual se via um pequeno barco, de velas erguidas, perdido em um mar azul.

O papel de parede no corredor de entrada é coberto por dálias, fúccias e íris, de cor laranja, rosa-claro e azul-claro. A porta da frente, cor de creme, se abre. Anne entra alegremente na casa, vestindo seu casaco vermelho e balançando a bolsa de couro preto.

— Hector!

Anne tira a bolsa dos ombros e desabotoa o casaco, revelando um suéter norueguês grosso. Ela para e escuta com atenção, sem se mexer por um momento. A falta de resposta a surpreende. Ela franze o cenho.

— Hector?

Nenhuma resposta. Ela tira o casaco, joga-o de qualquer maneira na escada e atravessa o corredor até a porta da cozinha. Chuta a tigela de Hector, espalhando comida de cachorro em toda a cozinha. Ele não comeu nada. Anne se irrita.

— Hector!

Ela se vira e corre para a sala de estar por uma porta adjacente. Seus passos ecoam pela casa. Ela reaparece no corredor e sobe as escadas correndo, dois degraus por vez, segurando o casaco.

— Hector!

Lá em cima, seus passos se tornam cada vez mais rápidos. Portas se batem enquanto ela passa de quarto a quarto. Ela volta correndo para baixo, se aproxima da porta da frente, abre-a e começa a gritar, tomada pelo pânico.

— Hector! Hector!

Ela procura em todas as direções, esperando uma resposta. Uma voz gentil a assusta.

— Anne, pare de gritar.

Anne se vira. Com um cesto de roupas nos braços, sua mãe fecha a porta da adega e se aproxima da filha discretamente.

— Mãe, o Hector se foi!

Rose coloca o cesto de roupas no chão, segura os ombros da filha, a puxa para perto e pressiona sua cabeça contra a barriga.

— Eu sei.

Paralisada, Anne olha para a frente. As flores do papel de parede começam a girar, cada vez mais depressa, empurrando o teto e arrastando o chão até tudo, de repente, cair na escuridão.

No pequeno jardim diante da casa vitoriana, Anne está ajudando a mãe a ajeitar a terra ao redor da muda que elas acabaram de plantar.

— Pronto, acho que isso basta.

Rose tira as luvas e esfrega as mãos.

— Tenho certeza de que ele estará confortável aqui.

Agachada na grama, Anne continua a bater na terra com as mãos nuas, fungando o tempo todo. O rosto está sujo de terra, manchado com lágrimas. Rose se levanta, dá um passo para trás e admira seu trabalho.

— Ele vai nos dar uma bela árvore com muitas flores. Assim, sempre nos lembraremos dele.

Anne, com a camiseta branca, observa as flores do muro atrás delas, tomada pelo pesar. O rosto sujo de terra está manchado de lágrimas, como as da menininha que ela já foi.

Um raio de luz cegante aparece, fazendo com que ela volte pelo muro para dentro da casa. Levada por um barco a vela, ela segue pela sala de estar, corredor, adega e entra na escuridão.

Anne se ajeita, procurando respirar. O rosto está coberto de lágrimas. Ela está sentada no carpete de agulhas de pinheiro sob a árvore de Evan, e seus dedos estão brancos por segurar as raízes com força. O dia está claro. A pilha de lenha perto da fogueira aumentou. Tsepel pega uma panela de água fervente das brasas e cuidadosamente despeja a água em um sachê de alimento seco. Anne desvia os olhos. No chão, a seus pés, está a túnica do senhor. Pilhas, provavelmente descarregadas, rolaram nas dobras imundas da peça. Evan se senta ao lado dela, com as costas contra o tronco, fones nos ouvidos. No tocador de CD, ele escuta, com o olhar vago, a mesma sinfonia de Bach, sem parar. Anne respira fundo, funga e tenta, mais uma vez, conversar com ele.

— Evan, você precisa me ajudar a sair deste pesadelo.

Ele não responde.

— Vamos, Evan, tente. Converse comigo baixinho. Diga algo, qualquer coisa, mas diga algo. Vou enlouquecer se as coisas continuarem assim.

Anne sussurra no ouvido dele.

— Evan, estou implorando. Preciso conversar com você. Por favor, tente fazer um esforço. Preciso de sua ajuda.

Evan não responde. Anne balança a mão em frente aos olhos dele e sussurra de novo.

— Evan, olha para mim.

Ele não se mexe. Droga, droga, droga. O camponês se aproxima e entrega o alimento a Evan.

— Senhor!

Evan aceita a tigela.

— Obrigado.

O camponês assente com seriedade e se vira. Anne estende a perna para fazer com que ele tropece. O tornozelo do camponês atravessa a panturrilha dela. Ele se afasta em silêncio. Não sentiu nada, não notou nada. Anne cobre o rosto com as mãos. Preciso acordar. Preciso acordar. Ela expira e seca os olhos.

Certo. Precisa haver uma explicação racional para isso tudo. Isso, ou eu enlouqueci totalmente. Ela analisa a área ao seu redor de novo. Aproxima-se da bagagem espalhada perto da moto quebrada. Uma caixa de sabão, o dinheiro extra que eles tinham, seu estojo vazio, as passagens de avião, uma parte do mapa da Índia, um único pé de chinelos... Entre as roupas de Evan, ela percebe a borda de uma fotografia. Ao se abaixar para pegá-la, olha rapidamente para o senhor e de repente para, curiosa com o saco de dormir atrás dele. Está aberto no chão, mas a superfície é alta e cheia de ondas, como se estivesse cobrindo algo.

Espero que não seja o que estou pensando que é.

Anne se endireita e caminha devagar em direção a ela. Não é possível. Não é possível. Talvez seja lenha, ou talvez seja algum desconhecido que tenha chegado há pouco tempo, que eu não tenha percebido...

Anne se ajoelha na frente do saco de dormir e respira profundamente, antes de tentar segurar a ponta. O tecido sintético não se move, mas se torna transparente, transformado por seu toque. Ela vê pés, brancos, sem sangue.

Gritando, ela dá um salto para trás quando a transparência toma o restante do saco de dormir. Ela grita. Não consegue desviar o olhar do corpo em decomposição.

A pele sem vida, agora acinzentada, está coberta por pequenas rugas. Sua face esquerda está manchada de linhas marrons que se estendem do nariz ao lóbulo da orelha. Há uma mancha grande e escura sobre metade do pescoço. Os olhos se afundaram nas órbitas, embaçados por uma camada leitosa. Entre os lábios prateados, as papilas de sua língua inchada estão granulando.

Anne fica sem ar. Sua artéria carótida martela no pescoço. Veias inchadas e azuladas se destacam em sua testa. Ela se inclina para frente a fim de envolver o abdome com os braços, e então se retesa de repente e geme olhando para o céu.

O sol está em seu auge. Além de algumas sombras esguias feitas pelas árvores, não há nenhum lugar onde se abrigar do calor escaldante.

Tsepel tirou as vestes. Usando apenas um avental, com um tecido sujo na cabeça, ele está empapado de suor, que escorre pelos cílios para a parte branca dos olhos, causando ardor. Ele esfrega os cílios e continua entoando.

— Com sua nova forma, você poderá ver sua casa, seus pais, e aqueles a quem ama. Você vai querer falar com eles, mas eles não ouvirão o que disser...

Sentada perto de um arbusto espinhento a alguns passos dali, Anne observa seu cadáver. Ao sol, sua camiseta branca fica mais clara do que nunca. Nem o calor, nem os espinhos que lhe perfuram a calça jeans a afetam. Seu rosto marcado pelas lágrimas está totalmente inexpressivo.

— Então, você sentirá uma dor como a de um peixe largado na areia sob o sol quente. Esse sofrimento não tem mais razão para existir. Mesmo que você esteja presa a seus entes queridos, não está mais com eles. Desapegue-se e evite o sofrimento...

Anne fecha os olhos e canta com um sorriso nada alegre:

— Rosas, rosas, rosas, um buquê cheinho delas, um, dois, três, e todos caem...

— ... Você terá poderes sobrenaturais resultantes de seu karma. Pode percorrer o mundo em uma fração de segundos...

Uma única nuvem passa na frente do sol. O camponês olha para cima e seca a testa. Tomada de susto, Anne continua impassível.

— O cravo brigou com a rosa, debaixo de uma sacada...

— ... Seus pensamentos levarão você instantaneamente aonde desejar ir. Você pode visitar qualquer lugar em qualquer momento. Mas se puder evitar usar seus poderes, faça isso, pois eles não ajudarão muito...

— Anne?

Agora estou ouvindo a minha voz... A voz chama de novo, mais perto e com mais firmeza.

— Anne!

Anne suspira, vira a cabeça e abre os olhos. Não há ninguém ali.

Foi o que pensei.

— Esses poderes simplesmente significam que você está no bardo do renascimento. O importante é perceber que pode fazer o que quiser aparecer na sua frente...

Anne olha ao redor. Tsepel e Evan não saíram de onde estavam.

— Anne, o que você fez com sua vida?

Assustada com a proximidade da voz, Anne se vira. Diante dela, sentada sobre seu cadáver, está uma cópia de si mesma. Veste um roupão preto com pelos brancos, uma gola com borda branca, e uma peruca comprida e encaracolada que vai até os ombros. Anne olha para a sua cópia, suspresa. A outra olha para ela.

Sob o olhar de Anne, as pupilas da outra parecem começar a dilatar, expandindo-se cada vez mais para fora, como um monstro. As lentes cristalinas deformam e engrossam ao redor do contorno dos olhos, mudando a posição dos raios de luz quando eles se afundam ainda mais no corpo vítreo. Dentro do olho, bem no fundo, na retina, os raios de luz estão gravados na escuridão, e Anne consegue distinguir claramente sua imagem invertida. Ela balança a cabeça, tentando desviar o olhar, mas é flagrada. Vê seu reflexo crescer imitando seus movimentos, aumentando muito conforme Anne é puxada para mais perto do olho, pela córnea para dentro do humor aquoso. Ela é tomada pelas lentes e arrastada para o interior escuro do olho, afundando-se ainda mais. Ao se aproximar, seu reflexo parece desenvolver uma independência, mantendo-se firme, confiante, superior, insolente. Agora, face a face com sua imagem, do mesmo tamanho, Anne levanta os braços para se defender, sem sucesso. Começa a gritar conforme seus dedos esticados chegam a seu reflexo e desaparecem, um dentro do outro, ali dentro, seguidos pelas palmas das mãos, os punhos, os braços, os cotovelos e ombros.

Centímetro a centímetro, seu corpo é consumido. Quando a última unha é devorada, o reflexo respira fundo. A escuridão ao redor dela começa a tremer, sugada para dentro do vórtice e engolida pela boca do reflexo, até se tornar um vazio sem fundo, sem horizonte. Pulmões inchados agora expiram. Uma luz cegante escapa da boca. Envolve o vazio, cobrindo o reflexo até ele ser engolido totalmente.

Na televisão, em uma sala mal-iluminada, um jornalista lê as notícias. O som é desconhecido, um pouco distorcido, como se reverberasse contra as paredes internas da televisão.

John está sentado na cama, de pijama, analisando uma papelada no colo. A janela está entreaberta, a cortina de rede se remexe levemente com o vento. A porta ao lado do armário se abre e Rose sai do banheiro, apaga a luz e volta para a cama de casal. Nos fundos do quarto, encostada no papel de parede cor de areia, Anne observa. Rose tira o robe, dobra-o pela metade e o coloca em uma cadeira.

— Mãe? Por favor, mãe, responda.

Rose não responde. Ela se enfia embaixo dos lençóis e os puxa até o peito. Anne chama de novo, mais alto.

— Mãe?

Rose se vira para a mesa de cabeceira, pega o controle remoto e desliga a televisão.

O que estou fazendo aqui? Para que tudo isso?

— Mãe, preciso de sua ajuda!
Rose apaga a luz e afunda a cabeça no travesseiro.
— John, apague a luz, por favor.
— Só preciso terminar este relatório que devo apresentar na reunião amanhã. Não vai demorar. Você foi olhar a Lucy?
— Sim, ela está dormindo como um anjo.
Anne vai e se senta na beira da cama, perto da mãe. Rose boceja e fecha os olhos.
O que estou fazendo aqui?
Anne analisa o quarto cuidadosamente. O espelho da penteadeira chama sua atenção. Em vez de refletir o quarto, ele parece irradiar uma luz estranha, como se fosse iluminado por dentro. Curiosa, Anne se levanta e vai até ele. No espelho, cercada por uma auréola cegante, seu reflexo a examina com calma. Está usando a roupa preta de juiz. Anne abaixa a cabeça e observa, sem entender, a calça jeans e camiseta branca.
— Você não acha que está na hora de analisar sua vida?
De repente, a sonata de violino de Bach ressoa no quarto. Anne cobre as orelhas e grita:
— Deixe-me em paz!

Um barulho de motor ressoa contra a sonata. Com as mãos nos ouvidos, Anne se vira sem parar, procurando algo a que recorrer, gritando.
Está no caminho da montanha, no ponto onde eles saíram da estrada. Assustada, ela mantém o olhar fixo na

nuvem amarelada de poeira que sobe ao céu. A alguns passos, a Enfield corre em sua direção.

Anne está sentada, distraída, na garupa da moto, com a cabeça encostada no ombro de Evan. Ele está se concentrando, calculando cuidadosamente os perigos da estrada à frente. Anne se ajeita. De repente, um pensamento sensato lhe ocorre.

Precisamos parar a moto.

Anne tenta levantar o braço para tocar no ombro de Evan, mas ele não responde. Nenhum de seus membros reage. Ela tenta dizer algo, mas as palavras ficam presas na garganta. Anne começa a chorar, mas as lágrimas não aparecem no rosto, nem mesmo o franzir da testa, nada. Ela sente um formigamento nas pernas, os solavancos de sua cabeça que bate no ombro de Evan. Consegue sentir o frio do vento na pele, consegue sentir a vegetação e o calor do sol, mas não consegue se mexer nem falar. Está presa em um corpo que pertence ao passado imutável. Ela chora por dentro. Evan não percebe.

Por que toda essa tortura? Por que não para?

Ela vê a paisagem transformada pela velocidade, formas e figuras se fundindo em linhas abstratas, multicoloridas, brilhantes.

Alguns metros à frente, a motocicleta desaparece em uma curva. Anne está de pé no caminho de novo. Barulhos fortes e regulares, como passos no chão de pedras, se misturam com o toque de violinos. Eles vêm de trás. Anne se vira. Abafado pelo estrépito, Tsepel anda calmamente pelo caminho. A motocicleta corre na curva. Anne começa a gritar.

— Para! Para, Evan, para a moto!

Ela sabe que Evan não consegue vê-la. Sabe que ele não consegue ouvi-la. Mas mesmo assim não deixa de balançar os braços desesperadamente para alertá-lo. Não faz diferença. A moto segue seu caminho e vira na última curva. Não posso desistir, não posso. Anne se vira e corre até o senhor.

— Vá embora! Saia do caminho!

Ela tenta puxá-lo para o lado, mas primeiro suas mãos, depois seu corpo, passam diretamente por ele. A moto surge da última curva. A luz cegante do sol reflete na superfície cromada do farol. Evan se endireita e fica tenso na moto. Ele pisa com força no freio. As rodas travam. Pedras voam.

Anne grita, em pânico. Ela se senta ao lado do corpo, cegada pelo sol. Bach continua tocando, cortando o ar com seus *staccatos* altos. O velho aparece ao lado do corpo; rapidamente, ele tira os fones de ouvido. Abruptamente, a música para. Assustada, Anne caminha para trás, com os braços apoiados no chão. O velho segura Evan embaixo dos braços, o levanta e o afasta do corpo. Evan tenta se livrar.

— Saia de perto! Deixe-me em paz!

Anne observa a cena, petrificada. Tsepel coloca Evan de novo embaixo da árvore e, pela primeira vez, aumenta o tom de voz.

— Por que você colocou os fones de ouvido nela? Eu disse que você não deve perturbá-la! Nada de música, nem de carinhos, nada de falar nem de chorar, nada! Isso só aumentará o sofrimento dela. Ela está morta! Você precisa aceitar esse fato. Se não consegue, pelo menos tente não fazê-la sofrer mais por causa de seu egoísmo.

Egoísta. Tsepel repete a palavra diversas vezes em sua mente ao marchar de volta ao corpo. Coloca o saco de dormir de novo em cima do rosto de Anne, senta-se na frente do fogo e retoma as orações. Sua voz treme. Seu pé direito, cruzado sobre a coxa esquerda em posição de oração, balança com nervosismo. Ele perdeu a calma.

— Jovem, você deve escutar com atenção! Independentemente de quais projeções esteja vendo, não as siga...

Anne escuta o que ele diz e chora.

— ... Não se permita ser arrastada por suas projeções. Se você permitir que elas a levem, corre o risco de se perder e piorará a dor.

Anne vira a cabeça na direção do pinheiro. Evan desapareceu. Ela estica o pescoço para ver além da árvore. Alguns metros adiante, Evan tenta sair da ravina, segurando-se nas raízes expostas. Anne se coloca de pé de uma vez e corre para alcançá-lo.

— Evan, espere.

Ele para de repente e se vira, pingando de suor. Mais para baixo, o senhor o viu, mas desvia o olhar.

Tsepel suspira. Ele decidiu não se intrometer. Evan deve cuidar de si. Ninguém pode sofrer por ele e, enquanto ele se recusar a aceitar a situação, mais perderá o controle. É muito difícil ouvir quando somos pressionados pela ilusão do autocontrole, a convicção de que sabemos tudo. Como explicar isso a ele?

Pela primeira vez, Tsepel reavalia as próprias atitudes. Está claro que Evan não entende seus gestos nem suas intenções. Os ocidentais têm seus próprios deuses, seus próprios rituais. Que direito ele tem de impor os seus? Será que ele deve buscar ajuda e deixar os dois em paz? Será que a compaixão justifica impor o que ele acredita ser o melhor? Ou será que a culpa o mantém ali, o sentimento confuso que mistura dever moral e responsabilidade? Egoísta... Quem é o egoísta? Tsepel para de orar.

Evan olha para a frente e percebe o tanto que precisa escalar e como a encosta é íngreme.

— Evan, pare. Você não pode ir a lugar nenhum com sua perna desse jeito. — Anne está atrás dele. — Vamos, volte.

Evan olha de novo para o senhor na base da ravina, ao lado de sua mulher. Ele parece derrotado. Será que deve deixá-lo em paz? Evan, por sua vez, começa a analisar o propósito de suas atitudes. Deveria partir? Para onde? E por quê? Nada disso faz sentido a ele. Se ele partisse, estaria abandonando Anne em vez de ficar do seu lado tentando protegê-la. E se as orações de Tsepel forem boas para Anne, muito melhor. Se não forem, não há nada a perder. De qualquer maneira, Anne continua morta.

— Você está certo, Evan. Não me deixe sozinha. Eu ainda preciso de você.

Anne ouviu tudo. Ouvir os pensamentos de Evan é natural para ela; na vida, ela sempre pensou poder ler os pensamentos de seus entes queridos.

Evan escorrega pela encosta.

— Não se preocupe, Evan. Tudo ficará bem.

Anne o acaricia como afeição. Sua mão desaparece na massa.

— Você não acha que está na hora de analisar a sua vida? — Anne se vira rapidamente para tentar encontrar a fonte da voz. Mas além do senhor ao lado do corpo, não há mais ninguém ali. Ela morde o lábio, preocupada. Em sua cabeça, há uma peruca grisalha. No lugar da camiseta, uma roupa preta de seda, com a gola solta e branca. Anne não percebeu nada. Mas ela, agora, é a senhora da lei.

Batimento cardíaco, pressão arterial, frequência respiratória, níveis de oxigênio — algumas linhas ondulam, outras pulsam. Números piscam nas telas, apitando. Na sala toda branca, a equipe médica está debruçada sobre o corpo branco de uma bebê deitada em um lençol azul. Dois eletrodos estão presos a seu peito. As enfermeiras estão mais para trás e as bases descarregam energia. O corpo pequeno se retesa e pula na mesa. Os cabelos loiros da bebê estão unidos em mechas, sujos de sangue. Suas delicadas pálpebras se movem. Lucy, com o rosto deformado pelos hematomas, irreconhecível, começa a respirar de novo.

Pressionada contra a janela da sala de ressuscitação, Anne, em prantos, bate os punhos no vidro. Seu rosto também está sujo de sangue.

Henry aparece no fim do corredor, mancando. Traz um curativo no supercílio do olho esquerdo e o braço em uma tipoia. Ele para antes de ser visto por Anne. A dez metros, fica esperando, totalmente parado. Ela vira a cabeça e olha para ele. Henry, imóvel, aceita seu olhar. Anne vira o rosto com fúria. Na sala de ressuscitação, a pulsação de Lucy se estabiliza. Henry começa a mancar para frente de novo, com cuidado. Anne o ignora, olhando adiante e rangendo os dentes, controlando-se. Henry para na frente do vidro. Eles ficam lado a lado, com os olhos fixos em Lucy. A tensão entre eles é grande e perceptível. Ele tenta se aproximar.

— Como ela está?

Cega de ódio, Anne se vira para ele lentamente. Ele balança a cabeça como quem implora por perdão.

— Sinto muito, não queria isso.

Anne levanta uma mão trêmula em direção ao teto.

As brasas aumentam, agora vermelhas, escurecidas, cansadas. O dia surge fatigado. O senhor reza ao lado da fogueira.

— Como em um sonho, você não conseguirá controlar suas viagens nem seus encontros. Seu espírito será soprado como uma pena ao vento...

Do outro lado da fogueira, Anne está sentada perto de seu corpo, com os braços em cima da cabeça, de modo a protegê-la.

— A morte vai questioná-la a respeito de sua vida. Ela vai assustá-la terrivelmente e você mentirá para ela, fingindo não ter feito nada de mau. Então, ela olhará dentro

de seus olhos e, como espelhos, seus olhos refletirão toda a sua vida...
Tsepel atiça o fogo. Sua voz se altera, tornando-se mais alta e mais delicada. Nuvens de faíscas sobem. Anne acaba sendo encoberta por elas.

— ... Todas as suas boas atitudes serão mostradas claramente, mas também todos os seus erros..

A voz de Tsepel passa a ser mais parecida com a de Anne, trêmula, como se o som viajasse por um longo cano. Finalmente, ocorre uma explosão de faíscas na escuridão. Anne volta a ser vista, deitada ao lado da fogueira.

— ... A morte vai arrastá-la com uma corda ao redor de seu pescoço. Vai decapitar você, tirar suas vísceras, arrancar seu coração, beber seu sangue, sugar seu cérebro e morder sua carne até o osso...

Anne se senta de repente e balança a cabeça, tentando se concentrar na voz. Sua roupa de juiz desapareceu. Tsepel ora com calma ao lado do fogo. A voz dele voltou ao normal.

— Não tema os castigos que ela inflingirá a você. Você já está morta e não pode morrer de novo, nem mesmo se for cortada em mil pedaços. Você é o vazio. Tudo o que vê é igualmente vazio pela própria natureza. E o vazio não pode ferir o vazio...

Anne observa o senhor com atenção. Ela escuta o que ele diz.

— ... Elas são apenas projeções que nasceram de sua confusão.

As pedras úmidas do caminho estão cercadas por narcisos. Anne e Henry estão nos degraus, esperando do lado de fora da casa. As diferenças entre eles, de idade e personalidade, são óbvias. Alegre, com o cabelo desgrenhado, Anne usa botas vermelhas, calça com listras coloridas e uma capa de chuva grande e colorida, de poliéster, que cobre a barriga de grávida. Henry se porta com seriedade, com os cabelos grisalhos cuidadosamente cortados. Seu terno cinza-escuro de três peças é muito benfeito. Sua expressão é tensa. A porta se abre; Rose está sorrindo, usando uma roupa nova. Anne apresenta Henry a sua mãe, que o cumprimenta com respeito. Ela os convida para entrar. Eles entram, e John os recebe no corredor com os braços abertos. A porta se fecha.

O condomínio é novo em folha, feito de vidro e aço. No primeiro andar, dois tecidos compridos de linho, cor de creme, se separam diante de uma imponente janela francesa. Anne analisa a paisagem, acariciando a barriga.

A praia lá fora é selvagem e deserta até onde a vista alcança, banhada em uma luz maravilhosa. Atrás dela, recostado na maçaneta da porta, Henry solta o botão que controla as cortinas e observa o rosto de Anne com atenção para perceber sua reação. No centro da sala enorme, a velha mala de Anne está em cima de uma cama grande com lençóis de cetim cinza. A mobília é moderna, totalmente nova, assim como o quarto, funcional, impecável, parecido com aqueles fotografados em revistas de decoração. Não falta nada ali, exceto, talvez, um pouco de calor humano. Anne se vira e abre os braços, convidando Henry a se aproximar. Ele está prestes a dar o primeiro passo, mas hesita, em dúvida. Ela caminha lentamente pelo quarto até ele, e ele a puxa para seu abraço. Ele desce pelo corpo dela em direção ao chão, beijando fervorosamente todas as partes no caminho. Segura sua barriga grande e esconde o rosto em seu vestido. Anne acaricia seus cabelos e se ajoelha na frente dele. Henry desvia o olhar, envergonhado. Ela ergue o queixo dele para que ele olhe para ela. Ela sorri delicadamente.

— Não se preocupe. Podemos, se você quiser.

Ele olha nos olhos dela, firme e receoso ao mesmo tempo. Anne suspira de modo carinhoso, fica em pé e desabotoa o vestido, um botão por vez. Henry, aos pés dela, observa enquanto ela se despe. Ele faz uma careta como se sentisse dor. Ela solta as alças dos ombros, e o vestido cai no chão, revelando os seios inchados. Ela escorrega os dois polegares para trás do elástico da calcinha e a abaixa, lentamente, e então se senta na cama para tirá-la. Fascinado, Henry olha para ela, bem diante de seus olhos. Anne volta para a cama, deita de costas, dobra os joelhos, afunda os saltos na beirada do colchão e deixa as coxas se abrirem, se separarem.

Está chovendo. Anne, grávida, corre na areia da praia, ensopada e sozinha. No condomínio, atrás da enorme janela que dá vista para a praia, Henry está sentado em uma grande mesa de madeira escura. Concentrado, desenha o rosto de uma criança em uma folha em branco.

É noite. As cortinas do quarto estão abertas. Anne está deitada na cama, banhada pela luz clara da lua, encolhida, seminua, dormindo. Sentado em uma cadeira em um canto escuro do quarto, Henry a observa.

A campainha toca, interrompendo o pesado torpor da casa vazia. Anne aparece no topo da escada. Desce os degraus de dois em dois e corre para abrir a porta da frente, feliz da vida por receber visita.

Na entrada, o entregador já ligou a van. Caixas de alimentos foram deixadas no tapete. Sem fôlego e desapontada, Anne segura a barriga ao observar o veículo se afastar. Afundado no sofá da sala de estar, Henry a observa em silêncio. Ele não se mexeu.

O sol brilha forte. A praia comprida está deserta. Usando um maiô laranja, Anne brinca na areia, rindo. Sua barriga está grande. Na beira da praia, Henry, totalmente vestido, salta para evitar as ondas que se aproximam dos sapatos de couro.

Uma folha protetora é levantada no teto de vidro. Dezenas de pinturas estão nas paredes de gesso. A mesa está repleta de desenhos inacabados de crianças, gizes, tubos abertos de tinta colorida, pincéis sujos, panos manchados. Na frente da janela, Henry toca um desenho pousado em um cavalete. Totalmente distraído, observa meticulosamente a sombra produzida pela covinha do rosto de uma criança. O rosto dela está tomando forma; parece viva. Anne entra no quarto e caminha até Henry, que continua trabalhando. Ela se inclina sobre ele, beija seu pescoço e observa a tela.

— Você progrediu maravilhosamente.

Henry sorri orgulhoso enquanto Anne analisa o quadro com atenção.

— O que seria de você sem mim?

Henry ergue as sobrancelhas e dá de ombros, rindo baixinho, sem nada dizer. Anne encosta a cabeça nos ombros dele e suspira.

Tudo é branco, estéril. Anne chora em uma cama de hospital, com olheiras profundas. Ao lado de seu seio, está o rostinho enrugado de uma bebê recém-nascida, em sono profundo. Um pouco de leite vaza de sua boquinha entreaberta. Sentado na cama, Henry sorri, muito alegre.

O carro atravessa a estrada em alta velocidade. Henry está irado ao volante.

— A vendedora disse que é o melhor que há. Ela não vai se engasgar, e pode usá-lo até um ano e meio.

Ele continua falando, transformado. No banco de trás, o moisés está preso com o cinto e, ao lado dele, está Anne, atormentada. Ela observa a estrada sem prestar atenção a ele. Henry se ajeita e olha pelo espelho retrovisor.

— Anne? Está me ouvindo?

— Como? Sim.

Henry ergue as sobrancelhas, surpreso ao ver que ela não se interessa. E continua:

— Então, o que acha? Se não gostar, tudo bem. Guardei o recibo e podemos trocar...

Anne o interrompe.

— Henry.

— Sim.

— Não vou ficar. Já comprei minha passagem. Vou para casa.

Henry tira o pé do acelerador. O carro começa a ficar mais lento.

— Eu disse desde o começo, eu nunca afirmei que moraria com você. Preciso voltar ao trabalho e cuidar da minha filha. Minha mãe se ofereceu para me ajudar.

Henry demonstra decepção.

— Como assim, você quer ir embora? Já organizei tudo.

Anne permanece em silêncio conforme as lágrimas se acumulam nos cantos dos olhos. Henry range os dentes.

— Posso ir com você?

Anne tenta engolir o nó na garganta, mas tem dificuldade.

— Sinto muito, Henry. Preciso passar um tempo sozinha. Voltaremos para visitá-lo nas férias. Prometo. E vou escrever.

Anne se sobressalta. Ela está de volta ao lado do corpo, os olhos inchados e o rosto banhado em lágrimas. Na frente dela, as labaredas sobem em direção ao céu, escondendo Tsepel enquanto ele continua rezando.

— Você irá aonde seu karma lhe chamar, a qualquer local e época de sua vida, mas não vai se estabelecer em nenhum deles. Você ficará brava por isso, mas não lhe fará nenhum bem. Como você não pode controlar nada, tais emoções não fazem sentido...

Anne chora e reage agressivamente a Tsepel, furiosa.

— O que mais eu poderia ter feito? Deveria ter me tornado uma reclusa, trancada em uma fortaleza? Eu tive que pensar em Lucy. Eu não conseguiria seguir sozinha. Precisava sair e viver minha vida.

Meu Deus, estou falando sozinha. Estou enlouquecendo.

Anne fica rígida e seca as lágrimas.

— ... Se você está sofrendo, não deve culpar ninguém. É o seu próprio karma.

A janela se fecha. O lilás, do lado de fora, perdeu as folhas. Um raio de sol frio entra no quarto. Anne está sentada na colcha estampada de pipas, ao lado de um berço antigo à sombra. Silenciosamente, observa Lucy dormir chupando o dedo.

Uma fábrica abandonada transformada em estúdio de artista. Entre as cortinas e telas, pintores, escultores e artistas visuais trabalham, cercados por pôsteres, objetos desconhecidos em composições estranhas, montagens complexas. A fábrica está produzindo de novo, a arte agora é seu resultado.

Guiada por um homem barbado na casa dos quarenta anos, Anne desce a complexa linha de montagem. Lucy está presa a seu abdome, sentada em uma cadeirinha de tecido colorido. Desperta, com a cabeça levantada, ela olha ao redor com curiosidade constante. Seus cabelos cresceram, cobrindo a cabeça com mechas sedosas.

Elas sobem uma escada em espiral e desaparecem. No andar de cima, uma porta está aberta no fim de um longo corredor. O homem convida Anne para entrar. Tomada pela luz de uma claraboia, o quarto tem cerca de vinte metros quadrados. Está vazio. Exaltada, Anne se vira a seu acompanhante, segura sua mão, leva-a aos lábios e a beija como forma de agradecer.

Fotos de Lucy, um desenho de Henry e um desenho monocromático estão fixados nas paredes do estúdio. Abaixo, caixas de garrafas de vinho foram recicladas como estantes, armários de cozinha e espaço para armazenamento. Um pequeno refrigerador faz barulho em um canto. Acima dele, ao lado de uma tomada, há uma cafeteira elétrica e um pequeno rádio tocando St. Matthew Passion, de Bach. Um cercadinho de criança tem lugar de honra no meio da sala, sobre o grande tapete berbere. Lucy está confortavelmente acomodada de lado atrás das barras de madeira, balbuciando enquanto brinca com um livro de papelão. A mesa de trabalho de Anne, uma grande porta de fibra de madeira em cima de cavaletes, fica na frente da janela. Uma fumaça branca surge de uma panela preta, de ferro forjado. Anne desenha os contornos de uma deusa-cobra egípcia em uma tela esticada e presa a uma estrutura retangular de madeira. Uma jovem com cabeça raspada observa do canto da porta e a chama. Anne se vira, sorrindo.

Flocos de neve azuis reluzem à luz da rua e se assentam no chão coberto. Um carro ligado espera no fim da rua. Rose está de pé na porta de entrada, com Lucy nos braços, envolvida em seu saco de dormir. Anne sai pela porta, dando um beijo na cabeça de Lucy.

As decorações de Anne, as fotos de Lucy e o desenho de Henry agora foram tomados por dezenas de impressões de todos os tamanhos e cores. Eles estão pendurados como *patchwork*, de cima a baixo, cobrindo todos os centímetros de parede, escurecendo a sala com divindades ameaçadoras. Animais misteriosos estão ao lado da árvore da vida, com caras assustadoras, demônios irados, anjos inescrutáveis.

Entre a imagem de Ganesh[9] criança e a boca aberta de um crocodilo da Ilha Melanésia, está o retrato de Henry, a única figura humana. Seus traços estão rígidos e contidos. Sua expressão é enigmática e ambígua, calorosa e fria ao mesmo tempo, distraída e penetrante. Como as divindades que o cercam, ele parece pertencer a um mundo de fantasia, fora do tempo, além do alcance.

Anne está sentada à mesa de trabalho, mexendo em envelopes vazios. Dentro de cada um, ela guarda um cartão com uma pequena reprodução de seus batiques, um lobo

---

[9] Deus hindu da sabedoria, inteligência e conhecimento, Ganesh é retratado com o corpo de ser humano e cabeça de elefante.

branco mostrando as presas. Nas partes de trás, está escrito, com letra maiúscula: "RESSURGÊNCIA". E logo abaixo, seu nome, um local, duas datas e um horário. São os convites para sua primeira exposição.

    A galeria está cheia, tomada de artistas excêntricos e burgueses, com crianças animadas correndo de um lado a outro. A atmosfera é calorosa, pontuada pelo tilintar de taças de champanhe. De vez em quando, o riso pode ser ouvido acima do burburinho. Os batiques estão pendurados nas paredes, e suas cores se destacam sob as luzes. Na parte da frente, está o retrato de Henry. É como se ele fosse um rei no trono em sua corte de monstruosidades.
    Em um canto da sala, Anne conversa animadamente. Seu vestido preto de festa marca o quadril. O decote do colo acentua a curva perolada dos seios repletos de leite. O coque meio solto parece destacar seus traços. Ela está radiante, transformada, impressionante, como se sua nova aparência mostrasse quem ela realmente é.
    Perto da entrada, protegida entre as pernas dos avós, Lucy engatinha pelo chão e deixa as marcas das mãos na janela embaçada.

    A luz do dia passa pelas nuvens do céu carregado. Na avenida tomada pelo trânsito, os faróis do carro estão ligados.

Anne corre pela calçada e entra depressa na galeria. As paredes da sala estão vazias. Só resta o retrato de Henry. Em cima do balcão, há um enorme buquê de camélias brancas, ao lado de uma caixa de champanhe e duas taças de vidro.
— Frank? Você está aí?
Um belo jovem aparece da sala adjacente. Anne se aproxima dele impacientemente.
— Que diabos aconteceu?
Ele se aproxima do balcão, pega a garrafa e gira a tampa.
— Como eu disse ao telefone, um colecionador veio e comprou todos. Menos um.
Ele funga ao ver o quadro solitário não vendido. Abre a tampa, e o champanhe espirra para todos os lados.

No rádio, toca um concerto de violino de Bach. A atmosfera está um pouco mais quente, com um leve zumbido. Anne está em sua oficina, organizando os pigmentos; atrás dela, no cercadinho, Lucy bate uma baqueta de madeira contra um xilofone colorido. Na porta, Henry a observa com admiração. Está vestindo o terno de sempre, mas ostenta uma barba incomumente cheia. Ele bate no batente da porta. Anne se vira, olha para ele por um instante, perdida, e então dá um amplo sorriso e abre os braços para recebê-lo.
— Meu Deus, é você! Quando chegou aqui?
Henry se move na direção dela.
— Ontem à noite.
Anne o abraça com carinho.

— Por que não veio para a inauguração?
Henry lhe dá um beijo no rosto e delicadamente se afasta do abraço.
— Eu passei, mas havia muitas pessoas.
Anne balança a cabeça, de modo desaprovador.
— Você não mudou. O mesmo recluso de sempre.
Henry sorri calmamente e olha na direção de Lucy, que os observa sem se mexer.
— Diga uma coisa: gostaria de passar uma semana na praia, descansando? A primavera está tão linda.
Anne franze a testa. Henry se agacha diante do cercadinho e estende a mão a Lucy entre as barras.
— Pode levar seu namorado, se quiser.
Anne se surpreende.
— Como você sabe que estou namorando?
Ocupado demais fazendo caretas para Lucy, Henry não percebeu a mudança no tom de voz e responde normalmente.
— Esperei você na frente da casa de seus pais hoje de manhã. Não queria tocar a campainha. Fiquei com receio de acordar Lucy. Então, eu esperei e vocês dois saíram. Então, concluí...
Anne o interrompe com irritação.
— Então, agora, você está me perseguindo?
Surpreso, Henry fica de pé e olha dentro dos olhos dela.
— Não, claro que não estou perseguindo você. Qual é o seu problema? Por que está tão sensível? Só estou convidando você para passar alguns dias na praia com sua filha e seu namorado, só isso. Você tem tempo agora, não tem?
— Mas e a minha exposição?
Henry se vira para Lucy e assente sem convencer.

— É mesmo.
Anne olha para ele, de modo hesitante, balança a cabeça lentamente, sorrindo.
— Não acredito...
Anne dá alguns passos para trás e se recosta na mesa de trabalho. Sua voz falha.
— Foi você que comprou todos os meus quadros, não foi?
Tentando manter a calma, Henry fecha os olhos, suspira, volta a abri-los e assente.
— Sim, eu queria todos eles.
Anne não consegue controlar as lágrimas. Ela soluça.
— Eu devia ter adivinhado.
Henry a observa ansiosamente.
— Por que está tão abalada?
Anne se recompõe. Ela funga e limpa o nariz com as costas da mão.
— Por que você fez isso? Que direito você tem de interferir? Tudo entre nós dois terminou, você me entende? Terminou!
Henry ouve o que ela diz, paralisado.
— Senti pena de você e tentei ajudar, e você se aproveitou. Eu nunca deveria ter aceitado seu convite para ir a Cape Cod. Foi uma armadilha! Pensei que pudesse ajudá-lo, e tentei. Com toda minha força e por quatro longos meses, eu tentei. Mas não fez bem nenhum, nada. Sua tristeza e sua... sua inércia foram mais fortes do que eu. Você estava me sufocando. Não conseguia respirar perto de você!
Henry dá um passo para trás, tremendo, sem conseguir reagir.

— Você compreende o que estou dizendo?

Engasgando-se com as lágrimas, Anne aponta para a porta.

Henry continua se afastando.

— Saia daqui! Saia da minha vida e me deixe em paz!

Henry bate os calcanhares nas caixas de vinho. Suas mãos se apertam com fervor nas costas, os dedos se abrem e encontram uma pequena escultura. De repente, ele estica o braço. A peça atravessa a sala e acerta Anne na testa. Ela cai, com sangue espalhando-se no chão. Lucy chora. Henry a pega e foge correndo.

O sedã corre descendo a ladeira contra a chuva. Um caminhão de lixo estaciona na viela, bloqueando o caminho. Henry pisa no freio. Os pneus se travam e o carro derrapa. Lentamente, como se não tivesse peso, Lucy desliza entre o cinto de segurança frouxo, é lançada do banco de trás e bate contra o teto de feltro. Na frente dela, o capô fino do carro se amassa sob a massa de aço. À sua esquerda, o rosto de Henry é amortecido pelo *airbag*. De cabeça, Lucy voa por cima do encosto de cabeça do banco do passageiro, pelo porta-luvas e bate contra o para-brisa.

Ensopada, Anne bate na janela da sala de ressuscitação. Henry manca pelo corredor e para ao vê-la. À exceção da tipoia na qual apoia o braço e do curativo acima da sobrancelha, ele não se feriu. Anne para e olha para ele por alguns segundos. Ele se aproxima. Ela se vira e cerra os punhos para controlar sua ira. Henry se aproxima dela.

— Como ela está?

Anne se vira para ele lentamente, com os lábios pálidos. Ele balança a cabeça como quem implora por perdão.

— Sinto muito, não queria isso.

Anne dá um tapa no rosto dele. Ela grita:

— Cale a boca!

Henry hesita. Anne dá mais um tapa em seu rosto.

— Desapareça!

Henry se recosta na parede. Um enfermeiro aparece e diz:

—Acalme-se, por favor! Aqui, há pessoas doentes tentando descansar.

É Evan, ou melhor, é Evan como era. Quase não consegue reconhecê-lo, sua expressão é séria, preocupada, impessoal.

Henry se endireita e esfrega o rosto. Seus olhos parecem os de uma criança que foi punida de modo injusto. Seus lábios tremem e se curvam e ele começa a chorar.

Anne olha para ele com nojo, sussurrando com ódio:

— Tenho nojo de você. Saia de perto de mim!

— Venha, senhor. Não acredito que seja o momento certo.

Evan segura Henry pelo ombro. Henry escapa de sua mão, vira-se e sai.

Anne se senta desajeitadamente. Sobre seu cadáver, ela se sente tomada pelo pânico, banhada em suor, bombardeada pelo calor do sol do meio-dia. Tsepel está ali, a sua frente, atiçando o fogo de modo incansável. Ele continua entoando.

— Você desejará entrar em seu antigo corpo, mas ele já estará podre, inútil...

Evan está deitado à sombra da árvore. Com apatia, ele escuta Bach, ou o que restou dele. O som escapa pelos fones. As pilhas estão quase descarregadas.

— ... Você está morta e é tarde demais para voltar. Distancie-se de seu antigo corpo, renuncie a ele e livre-se.

Anne se levanta abruptamente e grita:

— Deixe-me em paz! Não me importo nem um pouco em ser livre.

Ela se aproxima da fogueira e tenta chutar o senhor com raiva, mas sua perna passa por ele e ela cai de costas, com a cabeça encostando no fogo.

Quando Henry desaparece do corredor, Anne lentamente escorrega pela parede até o chão, soluçando, e cai no chão. Evan se apressa para levantá-la, abraçando-a para acalmá-la.

— Tenha calma. Sua filha vai sobreviver.

Ele a balança devagar, acariciando-lhe as costas.

— Acalme-se. Acabou. Acalme-se.

Anne soluça de dor.

— Venha, vamos cuidar de sua testa.

Sombras se movimentam pelo teto.
— Sua filha sofreu um forte trauma no crânio...
A voz do médico é calma e tranquila. Anne está sentada, impassiva, com as costas para a janela, escutando o diagnóstico do médico, movimentando-se lentamente para frente e para trás em sua cadeira de balanço. Sua camisola está aberta, com as pontas indo além dos braços da cadeira, batendo-lhe nas pernas.
— Ela tem o que chamamos de hematoma subdural, um tipo de coágulo de sangue no cérebro. Deve ser reabsorvido, mas, enquanto isso, seria melhor ficar de olho nela. Nada de pancadas, principalmente na cabeça...
Seus olhos estão fundos, as olheiras sob eles são claras; Anne observa o avental do médico. Seus cabelos compridos estão presos em um rabo de cavalo, acentuando os traços fortes de seu rosto.
— Pela posição da lesão, é possível que o desenvolvimento psicomotor seja afetado um pouco, mas não se preocupe. Na situação atual dela, não há motivos para pensar em efeitos de longo prazo...
Lucy dorme pacificamente em seu berço, com uma grossa camada de gaze ao redor da cabeça.

Lucy, com a cabeça enfaixada, está sentada em seu cadeirão na cozinha. Olhando para ela com sua camisola,

Anne delicadamente limpa os lábios da filha, retirando o resto da papinha de laranja. Soluçando, Lucy vomita. Apavorada, Anne sai de seu banco e geme em pânico. Rose entra correndo na cozinha, tentando acalmar a histeria da filha, em vão. Anne corre desesperadamente ao redor da mesa, aterrorizada por sua impotência.

Trinta e seis ponto oito. Franzindo a testa, Anne olha para o velho termômetro com preocupação antes de chacoalhá-lo para que volte a marcar a temperatura ambiente. Lucy está deitada a sua frente no trocador. Cercada pela barriga da mãe, duas paredes de azulejo e a parte de trás de um armário, está protegida. Não tem como cair.

O telefona toca. Anne dá um passo para trás e estica o braço para pegar o telefone sem se afastar da filha.

— Alô, é o Henry.

Anne não se mexe, não responde, mantém-se sem expressão. Ela se recusa a falar.

— Anne, por favor, responda.

Inclinada sobre a mesa de exames, o médico direciona seu estetoscópio sobre a barriga da bebê. Deitada de costas, Lucy ri, livre do turbante de bandagens. O médico se vira para Anne com um sorriso.

— Bem! Sua menininha está ótima. Não há nada com que se...

— Tome cuidado!

Anne corre até a mesa para segurar Lucy. Surpresa com sua ansiedade, o médico olha para ela com preocupação.

— Bem, como eu estava dizendo, não há nada com que se preocupar.

Ele observa Anne com atenção. Seu sorriso parece cansado, seus traços deixam isso claro. Seu telefone celular toca. Ela o procura dentro do bolso e olha para a tela acesa. O nome de Henry pisca no fundo azul. Ela suspira e recusa a ligação com um toque do polegar. O médico inclina a cabeça, preocupado.

— E você? Como está?

Sentado a uma mesa de mogno, um homem elegante faz anotações com uma caneta-tinteiro de ponta dourada. Uma gravata vermelha com listras douradas se destaca de sua camisa branca. Atrás dele, há uma grande mesa de madeira escura, sobre a qual estão livros de advocacia e uma escala de latão antiga e, acima deles, um diploma de advogado emoldurado. O homem levanta a cabeça.

— Você é casada?

Do outro lado da mesa, Anne está sentada em uma poltrona Le Corbusier. Com as costas curvadas, os ombros para frente, ela retorce os dedos à procura de coragem.

— Não.

— Ele reconheceu a criança?
— Não, não é dele. — Ela responde normalmente, sem demora. Isso precisa acabar depressa, sem rodeios nem hesitação. É o último obstáculo. Ela precisa superá-lo.

O advogado olha para ela, surpreso e satisfeito.
— Bem, então, o assunto está encerrado.

Uma camada protetora de esponja verde-clara cerca a banheira. Sentada dentro de poucos centímetros de água, Lucy morde uma girafa de borracha. Rose está ajoelhada à frente dela, ensaboando suas costas. Ela repete baixinho:
— Você não deveria fazer isso com ele. Não está certo.
De pé atrás dela, Anne empalidece. Sem nada dizer, ela se vira e sai do banheiro, batendo a porta.

Anne e seu advogado se sentam no banco da defesa, desocupado. O tribunal está vazio. O juiz está no estrado, entre o escrevente e o oficial de justiça, usando um roupão preto com pelos brancos, uma gola alta e branca, uma peruca de cabelos encaracolados. Ele se prepara para anunciar seu veredito.
— O acusado não está presente?
O advogado de Anne se levanta.
— Não, senhor. Ele não respondeu a nenhum de nossos pedidos e recusou um acordo.

O juiz suspira.

— Tudo bem. Levando em consideração as circunstâncias que foram reveladas, a corte decide em favor da pleiteante...

Anne olha para baixo.

— ... Pelo poder que a mim recai, a partir de hoje, o acusado fica proibido de se aproximar ou tentar qualquer contato com a pleiteante ou sua filha, por qualquer meio que seja...

Ela abaixa a cabeça.

— ... Além disso, e correndo o risco de futuras penalidades, o acusado deve pagar à pleiteante a quantia de cinquenta mil dólares por danos físicos e morais que causou a sua filha. Declaro este caso encerrado.

O juiz bate o martelo sobre a mesa.

O vento sopra levemente contra sua pele. Pendurado na parede, está um dos batiques da exibição de Anne: um deus egípcio com corpo de homem e cabeça de carneiro, enormes chifres que se enrolam na direção dos ombros. Anne está sentada no chão, encolhida, com os braços cruzados acima da cabeça. Seus cabelos estão curtos e ela usa uma camiseta branca, aquela que vestia no dia do acidente. Lentamente, ela abaixa os braços e abre os olhos.

O quê? Por que estou aqui?

Acima dela, um grande lençol branco está pendurado no quarto. São pinturas empilhadas do chão ao teto, prontas para serem separadas. Anne se endireita. O estúdio é um local de armazenamento. Em todos os lados, espalhadas no chão e sobre os móveis, há roupas sujas, resto de refeições, copos quebrados, bolas de papel descartadas, molduras quebradas, sinais de luta e abandono.

Henry está sentado no ponto mais distante do estúdio, desenhando. A barba está mais comprida, assim como os cabelos despenteados.

Lágrimas silenciosas começam a descer pelo rosto de Anne. O telefone toca e, depois de alguns toques, Henry atende.

— Alô?

— Alô. Aqui é a Rose.

A voz dela está trêmula. Anne se levanta e lentamente caminha em direção a Henry, secando as lágrimas. O rosto dele está inexpressivo. Anne consegue ler seus pensamentos, sentir suas emoções. Ele sabe que aconteceu alguma coisa. Está preocupado, mas mantém-se calmo.

— Oi, Rose. Aconteceu alguma coisa?

Rose funga do outro lado da linha.

— A Anne sofreu um acidente.

Henry se senta mais para frente e os pelos de seu braço se arrepiam. Ele acreditava que algo estava errado, mas ali estava a confirmação. Anne está morta; mas ele precisa pensar em Rose e John. Não deve mostrar sua dor. Ele hesita, pigarreia e se acalma.

— Ela morreu?

Rose soluça do outro lado da linha.

— Sim.

Henry para. Precisa permanecer calmo, mesmo correndo o risco de parecer indiferente. É muito difícil. Ele respira

pelo nariz e tenta deixar a dor de lado para poder escutar. É a obrigação dele. Por isso Rose telefonou. Ela precisa conversar e ele foi seu escolhido. Ele precisa ser forte, não pode fraquejar.
— Ela sofreu um acidente de moto. Soubemos há pouco... Eles saíram da estrada no meio das montanhas... Caíram em um precipício. Anne morreu. Evan quebrou a perna... O resgate demorou dez dias para encontrá-los.
Henry permanece impassivo. O que pode dizer? Como reagir?
Lucy! Sim, Lucy é a resposta. Lucy é vida. A vida continua. É preciso falar sobre a vida.
— Vocês contaram a Lucy?
— Não.
A resposta é franca, sincera. Rose não pode, não quer falar isso. Lucy é pequena demais para entender, mas Rose se recusa a deixar a neta ver sua avó vulnerável. Rose precisa de ajuda. Ela precisa da força dele. Por que ela confia nele? Henry está perdido em perguntas.
Será que ela precisa, mesmo, de mim? Ou meu ego está grande demais?
Ele não faz ideia de qual caminho seguir, mas Rose está esperando. Ele precisa dizer alguma coisa.
Anne se ajoelha e pede a ele que diga.
— Vamos, Henry, continue. Pense! Você pode resolver isso.
Henry fecha os olhos e começa a respirar de novo.
Quem sou eu para dizer não a ela? Como me recusar se posso ajudá-la?
Anne sorri quando Henry volta a abrir os olhos.

— Quer que eu vá até aí?
— Eu ficaria muito agradecida. O John está sem chão e eu estou tendo de lutar sozinha... Pode passar alguns dias aqui, para cuidar da Lucy?

Henry tenta respirar. Rose pediu. Ela pediu a ele. Ele precisa se manter firme por mais alguns segundos.

— Vou agora mesmo. Estarei aí à noite.
— Obrigada.

A ligação é encerrada. Henry desliga e permanece parado.

— Henry?

O alarme parou.

— Você está livre, Henry. Vá.

Henry pega o giz de novo. Anne tenta segurar a mão dele. Ela passa por ele, mas, ainda assim, ele para. Anne afasta sua mão. Henry solta o carvão e levanta a cabeça, olhando para a moldura na mesa diante de si. A fotografia é de Anne em seu estúdio. Ela está em pé, descalça, no chão, com os cabelos despenteados. Seu vestido é vermelho, chega ao meio das coxas, com uma gola grande e uma estampa de flores de lótus na frente. Ela sorri de modo radiante. Em seus braços, contra o peito, Lucy está envolvida em um poncho bege. No canto esquerdo da fotografia, algumas palavras foram anotadas com caneta preta. "Meu novo estúdio. Até breve. Com amor, de nós duas."

Anne fica em pé, inclina-se na direção de Henry e beija-o no rosto.

— Obrigada, Henry. Por favor, me perdoe por toda a dor que causei a você.

Henry sorri ao olhar para a fotografia.

O anoitecer cobre o vale. O pinho que o protege do sol está rosado pela luz do crepúsculo. A cabeça de Evan está encostada no tronco. Ele tenta, engolindo com desconforto, tentar comer um pouco. Seus olhos ardem. As pálpebras piscam sem parar, pesadas demais para permanecerem abertas.

— Sabe... ela é... minha vida.

Ele fala sem parar. Suas frases são desconexas, o ritmo delas é ditado pela respiração ofegante. Ele delira de cansaço.

Na frente dele, Tsepel assente de modo compreensivo ao raspar, cuidadosamente, os restos de comida de uma tigela.

— Está quase vazia.

Anne está sentada ao lado dele, tentando se ater ao alívio por ter visto Henry para diminuir as pontadas de dor que sente dentro de Evan.

Tsepel segura uma colher.

— A última.

Evan ri com a voz rouca.

— Você... você acredita em... destino?

Tsepel assente para acalmá-lo.

— Eu não.

Vendo uma oportunidade, Tsepel aproveita a boca entreaberta de Evan e escorrega a colher entre seus lábios. Evan continua a sorrir enquanto mastiga, lentamente, a massa de comida que se gruda dentro da boca. Lágrimas silenciosas correm por seu rosto. Anne suspira.

— Está quase vazio.

— Por que está se ferindo dessa forma? Não é sua culpa.

Anne se levanta, vai até Evan, senta-se em seu colo e o abraça.

— Você precisa parar de sofrer. Lembre-se dos bons momentos que tivemos. Você me fez feliz.

Ela fecha os olhos e se concentra.

Chove sem parar no Central Park. Anne está ensopada. Ela corre atrás do carrinho, que está com a aba levantada. Lucy está sob a capa de chuva de sua mãe, e o capacete de joaninha está bem preso em sua cabeça. Um homem passa por elas no outro lado, protegido por um guarda-chuva. Ele para, se vira e corre de volta para alcançá-las.

— Com licença!

Anne se vira. Ele ergue o guarda-chuva e ela reconhece o rosto de Evan. Sua expressão séria é transformada por sua voz alegre.

— Você se lembra de mim? Do hospital... quando sua filha sofreu o acidente...

As cortinas da janela aberta para a baía se remexem lentamente com o vento suave. Do lado de fora, na rua, um grupo de meninos admira uma grande moto. Anne se inclina para frente no parapeito, observando Evan sentado com Lucy enquanto ela bate uma baqueta de madeira no tapete da sala de estar. Lucy bate na mão de Evan com a peça.

— Aaaaai!

Evan faz uma careta de dor exagerada e balança a cabeça com força, e Lucy grita de alegria. Evan olha para ela, satisfeito, e depois para Anne. Ela sorri para ele.

— Você gosta de música?

Enormes nuvens de tempestade atravessam o céu. Montes de campânulas florescem na vegetação rasteira. O solo está úmido. Evan passeia com Anne e Lucy, que está aconchegada em seu carrinho e ainda usa o capacete de joaninha. Eles vestem roupas de verão. Anne está falando sem parar.

— ... Ele disse que Bach é a única coisa que sugere que o universo não é um fracasso, e também a única prova plausível da existência de Deus. E, ainda assim, ele era ateísta convicto. Muito engraçado, não acha?

Evan concorda sorrindo. Anne para de repente.

— Estou entediando você?

Evan olha para o céu e aponta para o topo de uma árvore.

— Olha!

Anne levanta a cabeça. Enquanto observa, Evan a empurra e, sem equilíbrio, ela escorrega e cai em uma poça.

— Você ficou maluco?

Evan começa a rir, e Lucy também.
— Palhaço!

John está segurando Lucy, com o capacete de joaninha, e Anne se inclina para beijá-la. Seus cabelos estão curtos. Ela tem cuidado de sua aparência.
— Por favor, não tire os olhos dela, está bem?
John assente para passar confiançaa. Anne esfrega o nariz em Lucy e então corre pelo jardim. Do outro lado da cerca, Evan espera por ela, em cima da moto.

A soprano começa a ária "A Última Ceia", de Bach. Anne e Evan estão sentados no meio da igreja entre a plateia de cabelos grisalhos. Ela estica o pescoço para ver melhor. Seus olhos estão marejados. A seu lado, Evan a observa com um sorriso carinhoso.

As janelas nuas do loft têm venezianas de aço enferrujado. Uma mesa de jardim, quatro cadeiras, um tapete e um mancebo são a única mobília do quarto. Entre um monte de roupas jogadas, Anne e Evan adormeceram abraçados no chão, fotos de batiques entre eles. No canto da sala, deitada em um colchão entre duas almofadas, Lucy também está dormindo.

Vestido com um avental branco, Evan desce um longo corredor do hospital. Anne sai de um canto e o segura pela manga, arrastando-o até a parede e se aperta contra ele. De seu carrinho, Lucy os observa com curiosidade.

Uma camiseta cobre parcialmente uma pizza que mal foi tocada. Outras peças de roupa estão espalhadas pelo chão. Na cama, Anne e Evan estão abraçados, nus.

A plataforma da Pen Station está lotada quando o apito da partida soa. Meio para fora do vagão, Evan beija Anne. A porta se fecha e o trem começa a partir. Anne acena, com lágrimas rolando pelo rosto.

Uma panela de cera derretida, *tjanting*[10] e uma estrutura de madeira estão sobre a mesa da cozinha. Anne está na frente do caldeirão, fervendo cera. Com uma grande colher de pau e protegida com um avental de mangas compridas, ela retira um pedaço comprido de tecido, que pinga um líquido vermelho-escuro.

No andar de cima, em seu quarto, Anne levanta Lucy pelas pernas e coloca uma fralda sob seu bumbum. No andar de baixo, o telefone toca. Rose atende.

— Anne, é para você!

— Estou indo!

Anne dá um tapinha na barriga de Lucy.

— Não se mexa. Já venho.

Anne sai correndo do quarto, desce as escadas e pega o telefone.

— Alô?

— Bom-dia, senhora, sinto muito por perturbá-la. Meu nome é Ajeet e sou amigo de Evan.

O homem fala com um sotaque carregado.

— Tenho tentado falar com ele há dias, sem sucesso. No hospital, me disseram que a senhora poderia me ajudar.

Surpresa, Anne franze a testa, olha para cima e responde rapidamente.

---

[10] Ferramenta, uma espécie de caneta, usada para aplicar a cera quente ao tecido.

— Gostaria de poder ajudá-lo, mas também não sei onde ele está. Ele disse que viajaria por algumas semanas. Voltará logo.
— Não sabe o nome do lugar?
— Infelizmente, não. Desculpe, mas preciso desligar. Minha filhinha está me esperando. Tchau.
— Obrigado. Tchau.

Anne desliga e volta correndo para o quarto.

A árvore de Natal está resplandecente. No meio da sala de estar, Anne está sentada de pernas cruzadas no carpete, desamarrando o laço amarelo de um papel de embrulho vermelho. Atrás dela, na cozinha, Lucy balbucia feliz, incentivada pela avó. Anne retira o papel de embrulho e vê um livro lindo, Thangkas: Pinturas Budistas do Tibete. Ela o abre e folheia lentamente. Um envelope grosso escorrega das páginas e cai em seu colo. Anne o pega, abre e retira duas passagens de avião: Nova York — Calcutá. Recostando-se no consolo da lareira de mármore, Evan a observa com adoração. Os cabelos dele estão compridos; ele está mais bonito, bronzeado. Parece outra pessoa.

Vozes abafadas podem ser ouvidas nos alto-falantes e se misturam com o barulho ensurdecedor da multidão em um dia cheio no aeroporto internacional JFK.

Diante do portão de embarque, Anne abraça Lucy pela última vez antes de entregá-la ao pai. O funcionário devolve os passaportes. Evan os pega e dá um tapinha no relógio, olhando para Anne; está na hora de ir. Anne dá um último beijo nos pais e na filha, então se vira e entra pelo portão.

A névoa da manhã sobre o solo é iluminada pelo sol que nasce. Anne está esticada junto de seu corpo, com os olhos arregalados, olhando para o céu laranja sobre ela.

É tão lindo... E se eu ficasse aqui, totalmente parada? O que poderia acontecer comigo?

O quebrar de gravetos interrompe o silêncio, e Anne vira a cabeça na direção do som. A alguns metros dali, Tsepel se aproxima, com os braços cheios de galhos secos. Ele coloca os gravetos na pilha existente e se senta, pegando um trapo do bolso com o qual seca a testa. O fogo diante dele se acende pela última vez.

Pelo que ele está esperando? Por que não coloca mais lenha?

Anne suspira. Evan está ao lado dela, pressionando-se contra os restos mortais. As gazes da bandagem estão sujas, uma parte delas se solta. Anne observa-o com calma. Sua respiração está curta e rápida, seu rosto está imundo, escondido por camadas de poeira. Seus cabelos estão oleosos. Sua barba crescida faz com que ele pareça um náufrago.

— Meu querido, você não está nada bem. Sinto muito, sabe? Sinto muito por ter causado tudo isso.

Anne acaricia o rosto dele com as costas da mão. Evan imediatamente coça o local.
— Consegue me sentir? Estou fazendo cócegas? É isso?
Anne sorri e se aconchega perto dele. Evan abre os olhos de repente. Utilizando suas últimas reservas de força, ele se apoia em um cotovelo e, protegendo os olhos do sol baixo, analisa o horizonte. À exceção de Tsepel perto da fogueira, não há ninguém à vista. Evan levanta o saco de dormir e tosse, sentindo náusea com o cheiro do corpo em decomposição. Anne está desfigurada. Evan prende a respiração para beijar sua testa.
— Oi... linda. — Ele se deita pesadamente de costas.
— Acabei de sonhar... com a pequena Lucy... Ela estava flutuando no ar como um balão... rindo...

Dois pés gordinhos caminham no gramado verde pontuado por lírios do campo. John está a poucos passos, de joelhos, com os braços abertos para receber a menininha que começa a andar.
— Muito bem! Ótimo! Continue!
Lucy avança, com os cabelos loiros balançando ao vento. Ela estica as mãos diante do corpo, balançando-se de modo perigoso.
— Vamos! Está quase conseguindo!
Ela levanta o calcanhar do chão, assim como a curva dos pés, mas os dedinhos são preguiçosos e se arrastam na grama. Lucy balança para frente. John se apressa para pegá-la.

— Muito bem, querida. Muito bom. Você está chegando lá!

Para parabenizá-la, consolá-la e incentivá-la, John a joga para cima e ela voa como um balão de hélio. Ela desce e é lançada de novo, e grita de alegria. John a pega e a envolve nos braços.

— Vamos tentar de novo?

Lucy olha para ele com cara inocente. John a coloca de pé no gramado verde e recua alguns passos, ajoelhando-se para receber a menininha, e bate palmas.

— Venha! Vamos lá!

Lucy começa o trajeto perigoso de novo, dá alguns passos e cai para frente. John se inclina e faz cócegas na barriguinha dela, sorrindo ao vê-la rir e gritar. Ele fica de pé e, com as costas curvadas, segura sua mão e dá com ela alguns passos antes de soltá-la. Lucy continua caminhando, sozinha, levantando as perninhas. Dois novos braços a seguram antes de cair.

— Que maravilha!

Rindo, Henry abraça Lucy. John observa com aprovação.

— Ótimo, agora é com você.

Dando um tapinha no ombro de Henry, John caminha em direção à casa, passando por um novo balanço onde Evan está sentado. Sua perna direita, em uma tipoia, está apoiada na ponta de uma das muletas. Rose está ao lado dele.

— Você jantará conosco antes de ir, certo?

A voz dela é gentil, mas ela lança um olhar insistente a Evan. Ele ri, divertindo-se.

— Com prazer. Mas não posso ficar até tarde. Vou trabalhar à noite.

— Ótimo. E você, Henry?
Henry olha para Lucy. Ela retribui o olhar, sem expressão. Henry assente.
— Sim, acho que isso quer dizer sim.
Rose sorri.
— Obrigada.
Ela se levanta e se une a John dentro da casa. Henry se senta no gramado e pega Lucy no colo. Anne está sentada na grama ali perto. Ela os observa, encantada, enquanto Lucy segura o nariz de Henry. Um trovão soa a distância e o céu fica escuro de repente.
Lucy desce do colo de Henry e engatinha na grama.
— Eu adoraria poder segurar você no colo...
Lucy para e vira a cabeça na direção de Anne, como se a tivesse escutado.
— ... Eu adoraria poder falar muitas coisas com você...
Lucy olha diretamente para o ponto onde a mãe está.
— ... Mas você terá que andar sem mim, meu amor. E você vai andar...
A menininha observa Anne, balançando a cabeça.
— ... E você continuará rindo também...
Lucy, no mesmo instante, abre um sorriso com alguns dentinhos. O trovão ressoa de novo e Lucy olha para cima.
— Você vai rir tanto, que vou escutar...
Uma gota de chuva cai no rosto de Lucy.

Anne está deitada de lado, com os olhos semicerrados.
— Onde quer que você esteja, vou escutá-la.

Anne abre os olhos e olha ao redor. Está na ravina, encolhida contra Evan. Ele voltou a dormir.

— Você virá vê-la de vez em quando, não é? E contará sobre mim?

A respiração de Evan está difícil, ruidosa, com início de bronquite.

— Obrigada.

Anne beija o rosto dele com preocupação, senta-se e se vira na direção do senhor. Ele está deitado ao lado da fogueira apagada, e também dorme. Ela se levanta, caminha até ele, e se ajoelha.

— Senhor.

Tsepel não reage. Anne passa a mão na direção do ombro dele para tentar acordá-lo.

— Senhor, acorde! — A mão dela passa por dentro dele.

— Droga! — Anne afunda o punho dentro do corpo dele e o gira com força. — Vamos, acorde!

Um espasmo faz tremer o ombro de Tsepel. Ele abre os olhos. Suas pernas estão cobertas pela túnica; Evan está deitado ao lado do cadáver, sem se mexer, como se estivesse morto. Tranquilizado, o senhor se deita e volta a dormir.

Você deve estar brincando.

— Senhor, por favor, o senhor precisa ir encontrar ajuda para Evan. Ele está doente...

Ela é interrompida pelo latido de um cão. Ela se vira e, a distância, consegue ver um cachorro correndo na direção dela em meio aos arbustos. Não consegue vê-lo direito contra a luz atrás dele. Ansiosamente, Anne começa a se afastar, tentando proteger os olhos da luz do sol do início da manhã. Caminhando para trás, ela passa primeiro pelos restos da fogueira apagada e então por Evan, mas bate em seu corpo e cai para trás, em cima dele. Rapidamente, tenta se erguer, mas, depois de um momento, ela para e sua expressão muda rapidamente.

— Hector?

O cachorro agora está do outro lado da fogueira e não resta dúvida: é um cão farejador marrom e branco.

— Hector!

O cachorro pula em Anne e lambe seu rosto, com alegria. Por alguns instantes, ela tenta segurá-lo pela coleira, mas, com tanta felicidade, ela se ajoelha e o abraça forte.

— Hector, Hector, é você!

Uma sombra recai sobre eles. O avô dela está perto, bloqueando o sol. Está usando um terno preto impecável e uma camisa tão branca, tão reluzente, que mesmo na sombra ela ilumina seu rosto.

— Oi, Anne.

A voz dele está calma e calorosa. Estupefata, Anne coloca Hector, que late, de lado. Ela se endireita e se senta sobre seu corpo, olhando para o avô em total silêncio, com os olhos cheios de lágrimas. Ele se senta ao lado dela e segura Hector, fazendo-o se sentar a seus pés. Anne sorri com carinho para o rosto paciente do avô. Ela hesita por um segundo e então o abraça com toda a sua força.

— Você ainda tem o mesmo perfume... faz tanto tempo.

Anne para de apertá-lo e olha para o avô e para o cachorro.

— Estou tão feliz por vê-lo de novo. Não pode imaginar como senti sua falta.

O avô sorri para ela com carinho e balança a cabeça, compreendendo.

— Como você está?

Anne vira a cabeça e delicadamente acaricia o focinho de Hector.

— Mais ou menos.

O avô escorrega um dedo sob seu queixo e o levanta, como se ela fosse uma criança. Anne permite que ele faça isso. Ela o observa pensativa por alguns momentos.

— Eu sabia que você não estava morto.

Ele ri.

— É mesmo? Mas, quando você era pequena, tinha dúvidas. Você se lembra?

Anne funga e sorri.

— Sim, claro que me lembro. Eu estava morta também... quero dizer, não de verdade... Não sei como explicar, mas você deve saber. É como se fosse agora. Estou morta, você está morto e Hector também. Mas, ainda assim, aqui estamos, nós três, como se tivéssemos apenas nos separado... e você me reconheceu logo de cara, apesar de ter passado vinte anos sem me ver.

O avô olha dentro dos olhos da neta.

— Então, como posso estar aqui agora?

Anne para de sorrir e se entristece.

— Não sei... por enquanto, estou aqui e você também. É o que importa, certo?

Ela olha para o chão de novo.

— Por favor, não estrague este momento. Você vai me fazer chorar.

Ele estica um braço, segura a mão dela e a pressiona entre as suas.

— Veja, posso tocar você e você pode me tocar. Você sente a minha mão, não sente? Está quente. Pode acariciar

Hector também e até sentir nosso cheiro. Mas estamos todos mortos, e eu não estou aqui de fato.
Anne morde o lábio para controlar as lágrimas.
— Por favor, pare.
— Não posso, Anne. Sabe que não posso. Você me trouxe aqui para dizer isso a você. Para que não se sentisse sozinha quando admitisse a si mesma o que já sabe, para que eu pudesse dizer claramente e consolá-la. Sou sua coragem e seu amor. Sou parte de você.
Anne funga.
— Você não pode tocar o Evan, nem seus pais, nem Lucy, nem Henry. Seus caminhos se separaram. Você os deixou.
— Então, por que consigo vê-los? Por que consigo escutá-los?
— Você preferiria que tudo terminasse de repente, que eles desaparecessem para sempre sem que você tivesse tempo de se despedir?
Anne esboça um sorriso e olha para Evan. Seu peito incha com a respiração e, de repente, murcha.
— É verdade. Eu os vi, falei com eles, disse que os amo... tentei confortá-los... e pedi perdão a eles. Acho que eles me escutaram. Sim, acredito que me escutaram, sim.
Ela se vira para o avô.
— Não acha?
— Por que me faz perguntas se sabe as respostas?
Anne suspira.
— É difícil de aceitar.
— Claro que sim, mas o fato de eu estar aqui significa que você já aceitou... e está pronta para seguir seu caminho?

Anne franze o cenho. Seu avô levanta sua mão, beija-a com carinho e sopra um beijo em sua direção.

— Não pode ficar aqui para sempre. Terminou o que tinha que fazer, não é?

Anne olha para ele com preocupação. Ele sorri de volta.

— Bem, não precisa olhar para mim desse jeito. Você queria nos ver e nos viu. Queria dizer adeus e disse. Não tem mais medo, então por que não ter fé?

Evan começa a tossir repentinamente e assusta Hector. Tsepel acorda e se senta, observando a cabeça de Evan contra o ombro do cadáver. Por fim, o acesso de tosse passa, sem que Evan acorde. Tsepel esfrega o rosto e pega as contas de oração.

— Nobre, se você ainda não chegou à libertação, em breve deixará a sua antiga vida para começar uma nova...

Anne sorri e se vira para o avô.

— Vocês dois estão juntos ou...

Ele desapareceu. Ela vira a cabeça, procurando entre as montanhas, procurando seu avô e Hector. Nem sinal: eles se foram. Anne suspira.

— ... Você verá um homem e uma mulher fazendo sexo. Independentemente do que acontecer, não se ponha entre eles. Pode acabar dentro de um útero. Tente fechar a porta do útero. Essa será sua última chance de escapar do sofrimento de uma nova existência. Há cinco maneiras de fechar a porta do túmulo. Lembre-se delas, porque, a qualquer momento, elas permitirão que você recuse o caminho ao qual seu karma a está levando, para poder ser livre e escolher sozinha. Em primeiro lugar, você deve tentar desviar seu pensamento do ato sexual, pensando no homem e na mulher como um mestre espiritual e sua companheira. Escolha pessoas que você respeita pela sabedoria e bondade e peça a eles para dividirem o conhecimento com você, e o ventre deve se fechar sozinho. Se não acontecer, tente pensar no casal fazendo sexo como uma representação do Buda primordial. Esse Buda está dentro de você. É você, ainda que não saiba. Concentre-se e tire dele a força espiritual para seguir o caminho da luz. Se o ventre ainda assim não se fechar, você provavelmente cairá no apelo da forte atração sexual com relação a uma das duas pessoas do casal, e sentirá grande ódio e inveja do outro. Afaste esses sentimentos negativos, caso contrário eles levarão você para uma nova vida de sofrimento. Reúna toda a sua força para afastar o ódio e a paixão de seu coração e de sua mente. Se isso for difícil demais, tente entender que o que você vê é apenas uma projeção de sua imaginação, uma ilusão, e essa ilusão vai causar falta de base e dor. Se conseguir entender que essas ilusões são falsas e que não têm sentido, o ventre se fechará sozinho. Se não conseguir isso, tente este último método. Lembre-se da luz pura que você viu no começo de sua viagem pela morte. Essa luz era o reflexo da natureza de seu espírito, completamente vazio, sem começo nem fim. Concentre-se nessa luz e tente recuperar esse vazio, permitindo que seu espírito flua como água pura, relaxado e receptivo. Se nenhuma dessas técnicas funcionar, a porta do ventre será fechada com você dentro e você será levada em direção ao mundo de seu renascimento. Não entre em pânico. Se você sentir que o mundo ao qual está sendo levada é desfavorável e um local onde não deseja renascer, concentre-se em algo positivo. Se conseguir, você certamente será guiada na direção certa. Não tem como errar. Escute com atenção as instruções que eu dou a você agora, pois elas serão as últimas e podem poupá-la de renascer em um dos mundos inferiores.

Evan é acometido por mais um acesso de tosse, mais forte do que o primeiro. Tsepel para de falar e olha na direção dele. Depois de diversas convulsões, Evan consegue falar e se vira para o velho. Anne está sentada a seu lado. Impotente, ela acaricia os cabelos deles, esperando acalmá-lo.

— Por favor, estou implorando, vá pedir ajuda. Ele está exausto. O senhor precisa cuidar dele.

Preocupado, Tsepel suspira.

— Tenha calma, jovem, já quase terminei com sua esposa. Depois dela, cuidarei de você.

Ele volta a balançar e a entoar.

— Nobre, escute os meus últimos conselhos. Durante esse estágio final, você terá que fazer três escolhas. Elas determinarão seu sexo, o local de seu nascimento e a forma de sua próxima encarnação. A forma que terá dependerá do mundo no qual renascer. Há seis mundos no total. Cada um corresponde a um determinado local de moradia. Com pressa, você vai sentir vontade de se abrigar no primeiro lugar, mas tenha cuidado. Não se apresse. Pode ser uma armadilha por parte de seu karma. Resista e procure o caminho certo...

Anne continua a acariciar os cabelos de Evan.

— Não se preocupe, meu amor. Ele sabe que você não está bem. Está pensando em você também.

— ... Cada um desses seis mundos tem sua cor distinta. Preste atenção a seu corpo, porque ele terá a cor do mundo em que você renascerá. Se você chegar a um palácio luxuoso e seu corpo ficar branco, estará entrando no mundo dos deuses. Esse é um mundo de ilusões tomado pelo orgulho e pelo egoísmo. Se você entrar em uma floresta densa e vir armas e homens guerrilhando, e seu corpo ficar vermelho, estará entrando no mundo dos semideuses. Cuidado com eles. Eles são invejosos, ciumentos e rancorosos. Se puder, concentre-se em fechar a porta do ventre e saia. Se você se vir em uma multidão ou em uma cidade e seu corpo ficar azul, terá a chance de renascer entre os seres humanos, um mundo dominado pelo egoísmo e pelo desejo. Se seu corpo ficar verde e você sentir vontade de entrar em cavernas, buracos no chão e ninhos, quer dizer que você estará prestes a se tornar um animal. Se puder, evite esse mundo, pois ele é impiedoso. A ignorância e a regra do mais forte prevalecem. Se você se tornar amarela e sentir necessidade de se esconder dentro de árvores e cavernas, estará se aproximando do mundo dos espíritos famintos. Evite esse mundo, pois quem vive nele sofre de ganância e insatisfação eternas. Por fim, se você for levada em direção ao inferno, seu ser se tornará cinza como fumaça e você verá locais vermelhos e pretos, construções metálicas ou poços. Evite esse mundo de qualquer forma, pois o ódio e a raiva reinam nele, impondo torturas inimagináveis...

Anne se levanta e se aproxima do senhor.

— ... Saiba que apenas um desses seis mundos permite que você continue a progredir. É o mundo dos seres humanos. Sua cor é azul. Lembre-se disso e preste atenção, porque a força de seu karma pode levá-la a outro destino...

Anne se ajoelha na frente de Tsepel.

— Senhor, precisa cuidar de Evan agora...
— Agora, vou dizer como você deve escolher o sexo de sua próxima encarnação...
— Senhor, por favor. Obrigada pelos conselhos, mas o Evan está muito doente. O senhor deve ajudá-lo.
— ... Como eu disse, quando você vir seu pai e sua mãe no processo de sua concepção, você sentirá inveja de um deles e um desejo carnal forte pelo outro. Você terá o mesmo sexo daquele de quem sentir inveja...
Anne está prestes a tentar interromper Tsepel de novo, mas ele não deixa espaço. Ela desiste e escuta.
— ... Minhas últimas instruções são a respeito do local de seu nascimento. Você pode nascer em qualquer um dos quatro continentes[11]. Se renascer na Ásia, você verá muitas casas bonitas e agradáveis. Não hesite em entrar. Esse é o continente mais favorável, aquele que passa os ensinamentos do Buda. Os outros três se apresentarão na forma de lagos em cujas margens os animais caminham para matar a sede. Se você vir gansos, estará na Oceania. Se vir cavalos e éguas, estará no caminho para a Europa e a África. Se vir gado, renascerá nas Américas...
Anne escuta Tsepel, envolvida. Ela balança a cabeça, tentando livrar-se de sua voz hipnótica.
— Evan, você precisa cuidar do Evan.
— ... Você, agora, é livre para escolher.
Anne coloca a mão sobre os lábios de Tsepel para silenciá-lo. Ele coça os lábios. Ela afasta a mão.

---

[11] Os textos e a cosmologia budista se referem a somente quatro continentes.

— Já escutei e agradeço. Agora, por favor, consiga ajuda para Evan. É uma emergência. Se não ajudá-lo, ele morrerá.
Tsepel levanta a cabeça. Evan ainda dorme encostado no corpo de Anne. Não está mais tossindo, mas treme, a respiração superficial e inconstante. Com urgência, Tsepel guarda as contas de oração, pega seu saco e procura algo dentro dele. Tira um cantil, um pouco de carne seca, um lenço dobrado e uma caixa de fósforos, e metodicamente coloca tudo a sua frente. Ele envolve a carne no lenço e fica de pé, passando a alça de sua bolsa por cima da cabeça. Curva-se para reunir os itens do chão e se aproxima de Evan. Ajoelhando-se na frente dele, coloca o cantil, o lenço e os fósforos perto do rosto do jovem; e então, pega a túnica, enrolada aos pés de Evan, sacode-a e cobre o peito de Evan com ela. Recolhe suas contas de oração, ergue o saco de dormir e os coloca cuidadosamente entre os seios azulados de Anne.
— Há uma última coisa importante a falar. Você pode ver pessoas queridas que você deixou. Não se apegue a elas, porque podem tirá-la de seu verdadeiro caminho. Concentre-se em permanecer receptiva e calma, sem desejo nem repulsa, sem paixão nem agressão.
Evan abre os olhos com dificuldade e dá um sorriso fraco a Tsepel, que está a seu lado. O senhor retribui o sorriso, fica de pé e se volta para ele.
— Vou procurar um médico para cuidar de você. Ele chegará amanhã. Deixei algo para você beber e comer, além de meus palitos de fósforo, para poder acender uma fogueira, se tiver força.
Tsepel faz uma leve reverência, une as mãos na altura do queixo e respeitosamente sai de perto de Evan. Ele, então,

simplesmente se vira e caminha rapidamente para longe. Por um momento, Evan o observa partir. Anne se senta ao lado dele.

— Você verá, ele voltará com ajuda. Aguente firme. Não vai demorar muito.

Evan fecha os olhos. Tsepel sobe a encosta da ravina. Tropeça, segura-se em algumas raízes, começa de novo, escorrega em alguns pedregulhos. Pedras brancas e pretas rolam sob seus pés. Elas descem a encosta correndo, arrastando outras consigo. Em poucos segundos, as poucas pedras se tornaram um escorregador rochoso. O preto e o branco se unem em um fluido e em uma massa cinza que se expande e se torna uma torrente pesada.

Sem se mexer, Anne observa a onda vindo em sua direção. Nem pensamentos, nem medos a perturbam. Serenamente, ela é levada e fica na superfície como uma rolha, girando no turbilhão. Atrás dela, a ravina com Evan e o cadáver logo desaparecem a distância.

Ela avança por paisagens em mudanças que se fundem uma à outra. Logo, ela sai das montanhas e corre pelas planícies, voando por cidades, e os detalhes se misturam rapidamente. Não sobra nada além de água, céu e ar, até onde a vista alcança. Um enorme turbilhão se forma no horizonte e envolve Anne. O corpo dela começa a girar cada vez mais depressa, preso em revoltas do redemoinho, levando-a cada vez mais para o centro. Sem medo, Anne se permite ser levada, aceitando a água com os braços abertos, entregando todo o controle. Seu espírito está livre, pronto para receber, aberto, finalmente. O giro final leva a um buraco negro e Anne é engolida.

Buzinas tocam em uma rua tomada pelo congestionamento de veículos. Chove. Anne está deitada na calçada, ensopada e inconsciente. Uma mão chacoalha seu ombro.

— Senhora?

Anne abre os olhos. Ao seu lado, está um par de sapatos muito bem-polidos no chão de concreto molhado.

— Senhora!

Sem se mexer, Anne rola para o lado. Inclinado para a frente está seu pai, segurando um guarda-chuva.

— Você está bem?

Anne olha para ele, assustada.

— Pai? O que está fazendo aqui?

John se endireita, surpreso.

— Nós nos conhecemos?

Atrás dele, uma mulher puxa a manga de seu casaco.

— Vamos, podemos ir?

Anne se apoia nos cotovelos e se senta, sorrindo. Ela conhece aquela voz.

— Rose, pode me soltar por um instante?

Ele se vira, permitindo que Anne veja a sua esposa.

— Não está vendo que ela não está bem?

Anne sorri. Ali está sua mãe, jovem e cheia de saúde, e em seu rosto, assim como no do marido, não há sinal de que ela reconheça Anne. Carinhosamente, John se inclina para Anne e lhe oferece o braço.

— Segure a minha mão.

Receosa, temendo que a mão passe diretamente pela dele, Anne hesita um pouco antes de esticar os dedos, que tocam os do pai, sua pele quente, e, feliz, ela levanta a cabeça e segura a mão com firmeza. Ele a puxa na direção dele e ela se levanta.

— Obrigada.

— De nada. Você ficará bem?

Anne assente.

— Bem, então, tchau.

John e Rose se viram e seguem em frente, e as palavras de Rose se perdem no barulho do trânsito. Anne os observa se afastando.

— Cuidem-se!

Eles desaparecem ao dobrar a esquina. Anne limpa as gotas do rosto e olha ao redor. A estrada está pontuada nos dois lados por construções de tijolos aparentes, e lentamente Anne percebe que ela reconhece a rua de seu estúdio. Do outro lado da rua, há cestos de lixo em um cano escuro e estreito: a rua sem saída onde o acidente de Lucy ocorreu. Anne permanece calma, para sua surpresa. Tem uma sensação esquisita, sente-se emocionada e desapegada emocionalmente, como se as lembranças pertencessem a outra vida, uma vida na qual ela fez seu melhor, na qual cometeu erros, e na qual acertou em alguns momentos. Agora, ela está ali de novo, sem saber o que vai acontecer. Sente-se invadida por uma alegria enorme, a alegria de viver naquele momento, sem arrependimentos do passado nem medo do futuro. Ela tem fé naqueles que deixou. Sabe que eles continuarão sem ela, apesar da dor e do pesar. Finalmente, ela se sente em paz. Sente-se livre como nunca.

Tudo parece normal, nada de incomum. Os pedestres caminham apressados com seus guarda-chuvas, conversando, fazendo compras. Adolescentes passam rindo. No meio do cruzamento, um policial tenta, sem sucesso, acalmar as buzinas dos carros.

Anne se surpreende com aquele mecanismo incrível, com aqueles corpos, aquelas máquinas, o vento e a chuva. Ela ri, porque consegue escutar os pensamentos de quem passa; as pessoas se perguntam se ela é louca, ali, de pé e molhada na chuva. Anne não se preocupa. Simplesmente está feliz de estar ali entre todos eles.

Um táxi para na frente dela e uma jovem sai pela porta do passageiro, um pouco desleixada. Está usando botas vermelhas, calça colorida e uma capa de chuva de poliéster. Anne balança a cabeça, curiosa, aquele penteado, aquelas roupas... A mulher se vira e Anne vê a si mesma.

— Você vem, Lucy?

Lucy escorrega do banco de trás para a calçada sozinha. Está alguns meses mais velha, talvez até um ano. Anne observa a filha, transbordando de orgulho. Os cabelos loiros de Lucy são compridos e encaracolados. Ela não é mais um bebê, e sim uma linda garotinha. Ela olha para cima e sorri para Anne.

Você me reconhece?

Anne se pergunta, mas não espera resposta. Ainda que Lucy a reconhecesse, que diferença faria? Ela está ali e isso basta.

Apressadamente, sua cópia pega Lucy pela mão e atravessa a rua, fazendo um ziguezague entre os carros. Olhando para trás, Lucy continua a sorrir para Anne, convidando-a a segui-las. Elas entram em um apartamento, e a porta pesada de ferro forjado se fecha quando elas entram. Anne relembra as palavras de Tsepel: a armadilha de se abrigar, não entre no ventre. Mas será que ela quer mesmo evitar o renascimento? Sua mente está clara. Ela sabe o risco que está correndo, mas quer continuar. É aonde ela deve ir. Calma, por livre e espontânea vontade, ela atravessa a rua. Seus passos são firmes, cada um deles a leva pelo caminho que ela escolheu. Ela levanta a mão para empurrar a porta de metal e encontra um estúdio de *art nouveau*. Ela entra. Sua cópia e Lucy estão de pé no fundo, esperando na frente do elevador. Faz-se um estrondo quando a porta se fecha. Lucy olha para trás e seu sorriso fica ainda maior ao ver Anne se aproximar. O elevador de madeira desce do teto alto e para no mesmo nível do chão de tacos. A porta sanfonada se abre. Lucy e a cópia de Anne entram no espaço apertado e se viram para olhar para Anne. Sua cópia está esperando que ela se decida.

— Você vem conosco?

Anne olha para a sua cópia, divertindo-se. Está falando consigo mesma. E sabe disso.

— Eu adoraria.

Anne pisca de modo conspiratório para a filha e entra no elevador. A porta se fecha e a cabine começa a subir pelo fosso, para a construção.

A porta se abre com um rangido. Lucy sai, seguida por Anne. A cópia desapareceu.

Elas estão em um corredor comprido e estreito no andar superior. Lucy caminha com passos confiantes. Ela parece conhecer o local. Anne a segue, em silêncio. Quando chega ao fim do corredor, Lucy se aproxima de uma janela, onde gotas de chuva escorrem lentamente pelo vidro. Anne se posiciona a seu lado e, juntas, elas olham pela janela. Do outro lado da rua, elas veem um casal abraçado. Ela está nua, ele, vestido. Anne os observa, sentindo inveja da bela mulher. É ela quem conduz a dança. A porta do elevador se abre de novo. Anne se vira. Lucy está perto do elevador, pronta para sair. Anne levanta o braço e acena. Lucy entra na cabine e a porta se fecha.

Os dedos escorregam debaixo da camisa. O tecido desce dos ombros dele. Ela o despe.

Anne está com eles, encostada na parede, hipnotizada.

A mulher empurra o homem para a cama e sobe em cima dele. Os corpos se entrelaçam e se viram. Ele está por cima, ela, por baixo.

Anne não se mexe, está como se fosse uma estátua. Seu corpo se torna azul e ela sorri pela expectativa de sua nova vida.

Ele a penetra. Ela o recebe. As costas dele começam a ondular, sua pele se torna mais rígida, os músculos se retesam e relaxam. Eles sentem contrações e mudam a expressão.

Êxtase. Anne irradia um azul forte. Seu corpo, seus olhos se fundem com o azul.

O líquido azul é aliviado por raios de luz branca. O sol passa pela água cristalina. A superfície se aproxima. Um lago aparece. Cavalos matam a sede em suas margens.

Não há barulho, nenhum som. Uma auréola brilha na escuridão. Pouco a pouco, uma renda de pequenas veias leitosas se afasta da membrana transparente. A luz se torna mais forte e revela as paredes úmidas de uma cavidade vermelha de carne.

No fundo da cavidade, uma gota de sangue se forma. Sua forma é perfeita, sua superfície é lustrosa e impecável. Parece esperar, imutável.

No topo, um fluido esbranquiçado perfura o tecido diáfono. Uma lágrima se forma, pendurada da membrana. Ela se expande, pesada demais, se solta e cai em um ponto preciso, na vertical. Ela cruza a área arroxeada sem mudar de caminho, e cai diretamente em uma gota de sangue.

As duas gotas explodem em uma grande variedade de pequenas contas, lançadas contra as paredes. Elas rolam em direção à base, se reúnem e se fundem, como mercúrio.

A cavidade se contrai de repente e um som seco ecoa pela câmara. Uma onda repentina de luz intensa e suave flui para o interior do ventrículo, e então se retrai calmamente, como uma onda, tranquila.

O órgão se contrai mais uma vez. Uma segunda onda de luz preenche o coração, que começa a pulsar.

Os batimentos cardíacos se fundem em um som de hélices de helicóptero. Envolvido em fumaça e poeira, Evan se recosta na árvore. Espalhados no chão a seu redor, estão o tocador de CD, as pilhas descarregadas, os sachês de alimentos, o cantil virado. Enrolado na túnica de Tsepel, ele segura com firmeza a caixa de fósforos. Está vazia. Na frente dele, onde o corpo de Anne estava, uma fogueira está acesa. Os galhos reunidos pelo senhor estão queimando.

Um indiano com um capacete de segurança surge da nuvem espessa e grita:

— Ele está aqui!

Ele se aproxima correndo, seguido por outro membro da equipe, que carrega uma maca.

— Estou muito contente por termos encontrado você. Estamos com muitas dificuldades. Que bom que fez uma fogueira.

Os salvadores colocam Evan na maca. E partem de uma vez. Evan observa a cena passar: a moto destruída, a mochila desgrenhada, os objetos espalhados, o "ponto" de Tsepel. Nenhum vestígio dos restos de Anne. Apenas algumas faixas do saco de dormir escapam do carvão, com as cinzas girando no ar.

O paramédico grita mais alto do que o som do helicóptero:

— Vai ficar tudo bem. Não se preocupe.

O barulho na cabine é alto. O helicóptero sobe para o céu límpido.

— O velho...

O paramédico se inclina para Evan.

— Que velho?

Evan se esforça para falar.

— Onde está o velho?

O paramédico se ajeita, surpreso, e olha para Evan.

— Um velho, aqui?

Evan não tem força para responder. Ele desvia o olhar. Do lado de fora, banhados nos raios dourados do sol, o topo da montanha, coberto de neve, brilha. O helicóptero passa entre dois picos, para o sol, e entra na luz forte.

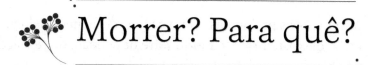

Morrer? Para quê?

> *A humanidade, sem conseguir remediar a morte, a tristeza e a ignorância, decidiu, para sua felicidade, nunca pensar nelas.*
>
> (Blaise Pascal, 1623-62)

ESCREVER SOBRE A morte? O livro não vai vender. Ninguém quer pensar na morte. Não terá público. Ninguém se importa! Por mais absurdo que possa ser, a morte é um assunto-tabu na maioria dos países ocidentais. Nós fugimos dela e a evitamos o máximo que conseguimos. Assim como no caso das doenças graves e dos acidentes, ela é uma das coisas que gostamos de imaginar que acontecem apenas com as outras pessoas; afinal, temos coisas mais importantes para resolver.

Paradoxalmente, a morte em si não costuma ser o problema, nem, no caso, o que acontece ou não depois dela. São as condições da morte e o sofrimento que a envolvem, seja físico ou psicológico, que mais nos assustam.

Esses medos parecem ser reforçados pela ideia de que muitas pessoas morrem de maneiras ruins. Por excesso de medicação, tratamento incansável, aumento da expectativa de vida, famílias morando longe — todos esses fatores trazem novos problemas. Além da dor relacionada à doença ou ao desgaste físico, o morto sofre de solidão, de sensação de abandono, de falta de comunicação e negação da morte iminente pelo quadro médico, por membros de sua família e pela sociedade em geral. Mas por quê? Atormentados por nossas carreiras, presos por nossas necessidades materiais, monopolizados por preocupações do dia a dia, na maior parte do tempo, deixamos a vida passar depressa. Até mesmo os aposentados têm pressa, escapando do tédio que associamos ao fim do trabalho, e nos envolvemos em todos os tipos de novas atividades. Afinal, temos medo de nos sentir inúteis, de não te propósito para continuar, não aceitamos a morte que se aproxima. Naturalmente, então, quando o jogo termina de repente, ficamos perdidos. "Morrer? Já? Como isso é possível?".

Nessas condições, não faria sentido perguntarmos: morremos mal porque vivemos mal?

O *Livro Tibetano dos Mortos* descreve a grande viagem para a morte como uma etapa difícil, mas, também, e acima de tudo, como uma oportunidade de se libertar, uma chance de encontrar a alegria à qual não tínhamos acesso em vida. O sofrimento e o medo evocados no livro são essencialmente ligados ao karma, às atitudes que tivemos ou não em nossa vida e ao impacto em nossa consciência.

As pessoas que trabalham com as pessoas que estão morrendo confirmam que os últimos dias e horas de vida são muito importantes. De repente, antes do fim, as pessoas que estão morrendo querem ficar em paz consigo mesmas, com os outros, com o mundo. "Ele morreu em paz", nós dizemos para nos acalmar. Morrer em paz é importante, mas por que não prever isso? É tão doloroso, tão difícil se preparar para a morte? Exige o acúmulo de conhecimento, de experiências, uma crença em Deus ou na vida após a morte?

O que você faria se soubesse que tem apenas mais um mês de vida?

Imaginar nossa própria morte como iminente nos força a reconhecer ou avaliar a importância que relacionamos às coisas que impomos a nós mesmos diariamente, todos os meses e todos os anos.

Imaginar nossa própria morte como iminente nos obriga a avaliar a nós mesmos, nossas escolhas e ações.

Imaginar nossa própria morte como iminente deixa claro o que mais amamos, do fundo do coração, o que realmente valorizamos.

Imaginar nossa própria morte como iminente significa reconhecer a fartura de nossa vida.

Imaginar nossa própria morte como iminente significa pensar na liberdade, um processo que pode revolucionar não apenas nossa existência como indivíduos, mas também a sociedade.

Será que essas questões difíceis nos incentivarão a não pensar muito na morte, e sim em nossa vida?

O óleo de minha lâmpada
foi totalmente usado, na noite.
Em minha janela, a lua!
(Basho, 1644-94)

Bibliografia selecionada

Livros a respeito de *O Livro Tibetano dos Mortos* ou Budismo Tibetano

BLOFELD, J. *The Tantric Mysticism of Tibet: A Practical Guide to the Theory, Purpose and Techniques of Tantric Meditation.* Nova York, Penguin, 1992 (nova edição).

BOKAR RINPOCHE. *Death and the Art of Dying in Tibetan Buddhism.* São Francisco, Clearpoint Press, 1993.

FREMANTLE, F., & TRUNGPA, C., trans. *The Tibetan Book of the Dead: The Great Liberation through Hearing in the Bardo.* Boston, Shambhala Publications, 2007 (nova edição).

SOGYAL RINPOCHE, trans. *The Tibetan Book of Living and Dying.* São Francisco, HarperSanFrancisco, 1994.

THURMAN, R.A.F., trans. *The Tibetan Book of the Dead.* Nova York, Bantam Doubleday Dell, 1993.

TRUNGPA, C. *Transcending Madness: The Experience of the Six Bardos*. Boston, Shambhala Publications, 1992.

Livros a respeito da morte e acompanhamento aos que estão morrendo

ARIÈS, P. *Western Attitudes toward Death: From the Middle Ages to the Present*. Baltimore, The Johns Hopkins University Press, 1975.

KUBLER-ROSS, E. *Living with Death and Dying*. New York, Scribner, 1997 (nova edição).

LEVINE, S. & O. *Who Dies? An Investigation of Conscious Living and Conscious Dying*. Nova York, Anchor, 1989 (nova edição).